Librairie militaire H. Charles-Lavauzelle

11, *place Saint-André-des-Arts, Paris.*

Armées étrangères.

ARMÉES ÉTRANGÈRES CONTEMPORAINES : Europe, Asie, Afrique, Amérique, Océanie, par A. Garçon, 2 vol. in-32.
  Brochés...................................... 1 »
  Reliés toile anglaise....................... 1 50
RÈGLEMENTS SUR LES EXERCICES ET ÉVOLUTIONS des troupes à pied en Italie, en Autriche et en Allemagne, traduits, résumés et annotés par A. de Vaucresson, colonel du 13e de ligne. — Vol. in-32 de 450 p., cart.......................... 2 25
L'ARMÉE RUSSE : organisation générale ; le règlement d'infanterie ; le service en campagne ; instruction sur les travaux de campagne, orné de figures (2e édition). — Vol. in-32 de 96 pages, broché................................... (*épuisé.*)
  Relié toile anglaise....................... » 75
LA MARINE ET LES COLONIES DE L'ALLEMAGNE, par le commandant A. Heumann, O. ✠. Ouvrage accompagné de huit croquis. — 2 vol., brochés.. 1 »
  Reliés toile anglaise...................... 1 50

TOME Ier. — AVANT-PROPOS. — I. Premiers essais coloniaux. — II. Emigration. — Commerce. — Marine marchande — Politique coloniale. — III. Les côtes allemandes. — L'île d'Helgoland. — Le canal de la mer du Nord à la mer Baltique. — IV. La marine militaire. — V. 1re *partie.* — Colonies allemandes sur la côte occidentale d'Afrique. — Angra-Pequena. — Kameroun.

TOME II. — V. 2e *partie.* — Territoires du Haut-Bénué. — Territoires de Lagos — Territoires de Togo. — Territoire des Bas-de-Côte. — Territoires de Noki (Congo). — VI. Colonies allemandes sur la côte occidentale d'Afrique. — Côte de Zanguebar : Zanzibar. — VII. Colonies allemandes en Océanie. — Les îles Samoa. — Les îles Fidji. — Les îles Tonga ou des Amis. — Les îles Salomon. — La Nouvelle-Guinée. — Les îles Carolines. — VIII. Tentatives des Allemands en Asie. — Conclusion.

PETITE BIBLIOTHÈQUE DE L'ARMÉE FRANÇAISE

LA GARDE CIVILE

ESPAGNOLE

Par M.-E. TAILHADES

CAPITAINE DE GENDARMERIE

(TRADUCTION)

PARIS | LIMOGES
11, Place Saint-André-des-Arts | 46, Nouvelle route d'Aixe, 46

IMPEIMERIE ET LIBRAIRIE MILITAIRES

HENRI CHARLES-LAVAUZELLE

ÉDITEUR

—

1891

ORDRE ROYAL

Ministère de la Guerre. — Numéro 7.

Excellence,

Sa Majesté le Roi (que Dieu garde) à qui j'ai rendu compte dernièrement du règlement militaire du corps que vous commandez, que Votre Excellence a adressé au ministère le 4 avril dernier et qui avait été approuvé provisoirement par ordre royal du 1er mai suivant; conformément à ce qui a été exposé sur ce point par le Conseil d'Etat dans sa décision du 15 juin dernier et en considération de la proposition de Votre Excellence en son rapport du 9 de ce mois, a approuvé définitivement le règlement avec les modifications que Votre Excellence remarquera et qui ont été introduites dans les art. 18, 25, 73, 74 et 75 et dont le ministère remettra 70 exemplaires pour être mis en circulation.

J'adresse à Votre Excellence l'ordre royal pour prendre connaissance et pour exécution. Dieu garde Votre Excellence de nombreuses années.

Signé : Bassols.

Madrid, 29 novembre 1871.

A M. le Directeur général de la Garde civile.

Règlement militaire de la Garde civile

CHAPITRE PREMIER.

ORGANISATION.

ARTICLE PREMIER. — Le corps des gardes civils depend du ministère de la guerre en ce qui concerne l'organisation, le personnel, la discipline et le matériel; du gouvernement du royaume en ce qui concerne le service spécial, la perception de la solde et le casernement; du Ministre de l'agriculture en ce qui concerne la surveillance rurale et forestière.

ART. 2. — Un officier général de l'armée est le chef supérieur de ce corps et a le titre de directeur colonel général. Il est chargé de la direction et de l'inspection, il a autorité sur le régime intérieur et la discipline. Cette autorité s'étend aussi à toutes les branches du service dans lesquelles il intervient suivant les cas.

ART. 3. — Le corps des gardes civils est régi par les règlements de l'armée. Il observe de ceux-ci ce que détermine son règlement spécial pour son service particulier et privé.

ART. 4. — La garde civile se compose des troupes d'infanterie et de cavalerie nécessaires à son service.

ART. 5. — Ce corps a pour base et comme unités inférieures organiques la compagnie d'infanterie et la section de cavalerie.

Une ou plusieurs unités d'infanterie jointes ou

non à de la cavalerie, constitueront les commandements de 3ᵉ, de 2ᵉ ou de 1ʳᵉ classe.

De l'importance de la force et de la réunion de deux ou plusieurs commandements, il résultera des unités supérieures qu'on nommera bataillons.

ART. 6. — Les bataillons seront commandés par des colonels qui exerceront, en outre, les fonctions de sous-inspecteur.

Les provinces de 1ʳᵉ classe seront commandées par des lieutenants-colonels.

Celles de 2ᵉ et 3ᵉ, par des commandants.

ART. 7. — Il y aura dans chaque province un chef de détail qui sera :

Dans les provinces de 1ʳᵉ classe, du grade de commandant ;

Dans les provinces de 2ᵉ classe, du grade de capitaine (avec cet unique emploi).

Dans les provinces de 3ᵉ classe, le capitaine sera chargé de ce service, mais pour sa seule compagnie.

ART. 8. — Chaque compagnie d'infanterie se composera d'un capitaine et du nombre et de la force de sections déterminés par le cadre d'organisation. Les sections sont commandées par des subalternes (1).

Les sections de cavalerie comprendront, pour le moins, quinze hommes et un officier.

Lorsque les sections de cavalerie seront au nombre de trois ou quatre dans la même province, elles composeront un escadron, sous le commandement d'un capitaine.

_____

(1) Subalternes, c'est-à-dire officiers.

ART. 9. — La solde et les accessoires de solde des chefs (1), officiers et troupe de ce corps sont fixés par le tarif annexé au présent règlement.

CHAPITRE II.

RECRUTEMENT ET REMPLACEMENT.

ART. 10. — La force totale de ce corps dans les classes de troupe proviendra :

1º Des libérés de tous les corps et établissements de l'armée ;

2º Des individus de l'armée ou de la réserve, à condition qu'ils aient passé au moins deux ans dans l'activité ;

3º Des contingents de l'armée que le gouvernement jugera convenable de désigner pour compléter la force totale.

4º Dans les provinces basques, à cause de leur langue particulière, les indigènes qui le demanderont pourront être admis lors même qu'ils n'auraient pas servi dans l'armée, pourvu qu'ils réunissent les autres conditions réglementées par le directeur général.

ART. 11. — Pour servir dans ce corps, les conditions suivantes sont indispensables :

1º Avoir au moins 22 ans et au plus 45 ans ;

2º Avoir la taille de 1m,677 (cinq pieds deux pouces) pour l'infanterie, et 1m,69 (cinq pieds deux pouces six lignes) pour la cavalerie ;

3º Savoir lire et écrire ;

4º Avoir obtenu un certificat de bonne conduite après avoir servi dans l'armée ;

(1) Chefs, c'est-à-dire officiers supérieurs.

5° Avoir obtenu un certificat de bonne conduite depuis la libération et un certificat d'aptitude pour le service de cette institution ;

6° N'avoir pas été l'objet de procès et n'avoir pas été frappé de sentences en justice criminelle.

Art. 12. — Les conditions d'engagement et de rengagement dans ce corps sont celles déterminées par les lois en vigueur pour ce cas particulier.

Art. 13. — Les gardes civils sont tenus d'acheter à leurs frais l'habillement et l'équipement. Le fonds de remonte du corps fournit les chevaux et le harnachement aux hommes de la cavalerie.

L'armement, les munitions et les ustensiles sont fournis par l'Etat.

CHAPITRE III.

AVANCEMENT.

Art. 14. — L'ordre d'avancement dans ce corps aura lieu rigoureusement à l'ancienneté, sans manquer, depuis le grade de sergent jusqu'à celui de colonel et toujours gradué d'un grade quelconque à celui immédiatement supérieur, sans que, pour un motif quelconque, pour si extraordinaire qu'il soit, nul puisse obtenir deux grades ou plus à la fois.

Art. 15. — Dans le corps, aucun avancement ne sera donné s'il n'y a pas une vacance qui le motive.

Art. 16. — Les gardes de 2e et de 1re classe pourront arriver aux emplois immédiatement supérieurs, à condition de compter six mois de service dans l'emploi inférieur.

Les caporaux de 2ᶜ classe pour passer de 1ʳᵃ devront compter huit mois d'exercice dans leur emploi. Ces emplois seront donnés, au choix, parmi les caporaux d'une même compagnie d'un même escadron ou d'une même section de cavalerie dans les provinces.

Art. 17. — Pour passer sergent de 2ᵉ classe, les caporaux de 1ʳᵉ classe devront compter, pour le moins, un an de grade.

Cet avancement aura lieu dans chaque bataillon avec séparation entre l'infanterie et la cavalerie.

Art. 18. — De même, les sergents de 2ᵉ classe pour prétendre à l'avancement devront avoir accompli un an dans le grade.

Cet avancement aura lieu à l'ancienneté dans la classe de leurs bataillons respectifs. On donnera une place sur trois aux sergents de 1ʳᵉ classe de l'armée qui en feront la demande et qui compteront trois années d'ancienneté dans leur grade dans l'armée et dix ans de service effectif.

Art. 19. — L'avancement des lieutenants et sous-lieutenants aura lieu par ancienneté d'après la liste générale d'ancienneté. On donnera une vacance sur quatre aux lieutenants et sous-lieutenants des autres corps de l'armée pourvu qu'ils réunissent les conditions suivantes :

1º Avoir 20 ans accomplis et moins de 35 ans et n'avoir aucune note défavorable sur leur feuille de service ;

2º Avoir la taille de 1ᵐ,65 ;

3º Avoir accompli pendant un an au moins les fonctions de leur grade dans un régiment, et avoir plus de cinq ans de service.

La dispense d'âge est accordée aux fils des officiers du corps.

ART. 20. — Les lieutenants passeront capitaines à l'ancienneté.

On donnera une vacance sur quatre aux capitaines des autres corps de l'armée qui en feront la demande. Ils devront avoir plus de 26 ans et moins de 40, sans aucune note défavorable dans leur feuille de service, avoir commandé une compagnie pendant plus d'un an, et avoir au minimum la taille de 1ᵐ,65.

ART. 21. — Les capitaines, commandants et lieutenants-colonels arriveront à l'ancienneté aux emplois immédiatement supérieurs dans leurs classes fermées à l'armée.

ART. 22. — Sa Majesté se réserve de récompenser de la manière qu'elle jugera la plus convenable les colonels de la garde civile qui, par leur ancienneté, leur intelligence et leur zèle dans le service, se seront rendus dignes de sa royale munificence.

ART. 23. — Tout officier ou sergent qui demande à passer dans la garde civile sera examiné par les chefs du bataillon sur le territoire duquel il se trouve ou par ceux qui seront désignés, à cet effet, par le directeur général.

A égalité de circonstances, le classement des admis sera fait par ancienneté de demandes pour occuper la dernière place dans leurs grades respectifs. Quand les admis seront divers, leur classement sera déterminé par leur ancienneté de grade.

ART. 24. — A la fin de chaque année et à la suite de la seconde revue d'inspection, on formera les listes des officiers qui, en raison des circonstances, doivent être placés en arrière, conformément aux instructions en vigueur.

A la même époque, on établira de la même manière des listes identiques et celles du choix pour les classes de troupe.

ART. 25. — Le premier jour de chaque année, on publiera la liste générale d'ancienneté des chefs, officiers et sergents de 1re classe du corps. La liste des sergents de 2e classe et des caporaux de 1re classe sera publiée par bataillon.

CHAPITRE IV.

RETRAITES.

ART. 26. — Les chefs, les officiers et les hommes de troupe de ce corps ont droit aux mêmes retraites et pensions qui sont fixées dans l'armée pour leurs grades respectifs, selon les cas et les dispositions en vigueur, ainsi qu'aux emplois civils réservés pour chacune des classes.

ART. 27. — Les veuves et orphelins des chefs, des officiers et des hommes de troupe ont le même droit pour les pensions déterminées par les règlements et par les dispositions postérieures à ces règlements.

CHAPITRE V.

OBLIGATIONS GÉNÉRALES.

Des classes de troupe.

ART. 28. — Le garde civil, comme soldat, est astreint à une entière responsabilité dans la bonne et fidèle exécution des ordres de ses chefs.

ART. 29. — Toutes les classes de troupe de ce corps doivent connaître, afin de pouvoir les exécuter et les faire observer dans les cas auxquels elles sont subordonnées, les obligations générales et leur emploi déterminé par les ordonnances, règlements et abécédaire du corps.

Elles exécuteront et feront exécuter de même les ordres qu'elles reçoivent de leurs chefs.

ART. 30. — Les gardes de 1re classe, les caporaux et sergents, comme commandants de poste, sont les plus directement responsables de la police et de la discipline de leurs subordonnés. Ils doivent s'occuper avec un zèle spécial de leur propreté, de leur tenue, de leur bon maintien, et veiller constamment à leur conduite et à l'exécution de leur service.

Des sous-lieutenants et lieutenants.

ART. 31. — Les devoirs des sous-lieutenants et lieutenants sont les mêmes que ceux qui sont imposés, à leur grade, par les règlements de l'armée, et sont déterminés par les règlements de l'abécédaire du corps.

ART. 32. — Ils doivent visiter très fréquemment, et au moins une fois par mois, les postes qui composent leur section, et, tous les trois mois, les villages situés sur leur territoire. Ils puniront toutes les fautes qu'ils noteront dans la conduite de leurs subordonnés et dans l'exactitude du service commandé, ou qu'ils apprendront par de fréquentes informations. Ils consigneront sur le registre destiné à cet objet les mesures qu'ils auront prises et les porteront à la connaissance du capitaine de la compagnie.

ART. 33. — Les chefs subalternes des sections

de cavalerie non affectées à un escadron auront, en ce qui concerne ces sections et le territoire qu'elles embrassent, les mêmes devoirs que ceux qui sont fixés aux capitaines.

Des capitaines.

ART. 34. — Les capitaines qui ont le commandement d'une compagnie ou d'un escadron sont chargés de la surveillance du service, de l'instruction, de l'administration, de la police et de la discipline. Ils doivent correspondre directement avec les chefs de leur province et ils sont plus particulièrement responsables de l'exécution rigoureuse des devoirs de leurs subordonnés.

De leur zèle et de leur incessante activité dépendent principalement l'exactitude dans le service, l'honneur et la bonne renommée du corps.

ART. 35. — Tous les mois, ils inspecteront une des lignes dans lesquelles est divisé le territoire que couvre la force de leur compagnie ou de leur escadron; ils vérifieront toutes les branches de l'administration intérieure et du service, en se conformant à ce qui est prescrit par les instructions en vigueur.

ART. 36. — Ils annoteront sur le registre d'observations toutes les fautes qu'ils relèveront dans l'accomplissement des devoirs de leurs subordonnés et les ordres qu'ils auront donnés pour y remédier.

ART. 37. — Une fois par an, ils inspecteront toutes les forces de leur compagnie ou escadron en se conformant aux instructions en vigueur. Ils remettront avec la plus grande exactitude et dès la fin de leurs opérations, au chef de la province, les documents prévus.

Art. 38. — En profitant des revues qui sont fixées et de tout le temps dont le service leur permet de disposer, ils visiteront les villages qui sont situés sur le territoire de leur compagnie ou escadron, au moins deux fois par an et plus fréquemment suivant que la population ou l'étendue du territoire seront plus ou moins grands.

Des adjudants (1).

Art. 39. — Les adjudants secrétaires des premiers chefs sous-inspecteurs dépendent immédiatement de ces chefs et sont leurs auxiliaires dans tous leurs travaux et services. Ils les accompagnent constamment dans leurs marches et dans leurs revues dans les provinces comprises dans la zone du bataillon.

Des quartier-maîtres (2).

Art. 40. — Un quartier-maître de la classe des subalternes sera nommé dans chaque bataillon et remplira, dans la capitale du district, les fonctions imposés à cette charge par les ordonnances générales et les règlements en vigueur.

Art. 41. — Sa désignation sera annuelle et faite entre tous les chefs et officiers du bataillon, à la majorité des voix. Le scrutin sera vérifié à la résidence du sous-inspecteur qui présidera le conseil composé suivant l'ordonnance.

Art. 42. — Le quartier-maître donnera connais-

---

(1) Fonctions d'adjudant-major ou plutôt d'officier d'ordonnance.
(2) Officier d'habillement.

sance immédiatement et par écrit, au chef sous-inspecteur partout où il se trouvera, de toute quantité qu'il recevra pour un quelconque des commandements du bataillon qu'il représente ; et en même temps, il en donnera, connaissance, en ce qui le concerne, à chaque chef de ces commandements pour qu'ils puissent prendre en charge et réaliser, dans la forme voulue, les quantités qui leur auront été fixées.

Art. 43. — Le quartier-maître, pour sa sécurité, devra déposer provisionnellement dans les caisses de province toute quantité qu'il aura en sa possession et appartenant aux autres. Cette quantité ne pourra pas être employée, provisoirement, à sa destination.

Art. 44. — En cas de faillite ou de disparition des capitaux, le quartier-maître ainsi que les chefs et officiers qui l'ont élu, seront assujettis à tout ce qui est prévu, dans ce cas, par les ordonnances de l'armée.

Art. 45. — Les fonctions de quartier-maître sont obligatoires pour tous les éligibles et, par cela même, ceux-ci ne pourront les refuser à moins qu'ils ne soient réélus avant une année écoulée.

Des caissiers.

Art. 46. — Dans chaque province, un subalterne de la classe des lieutenants sera élu et sera chargé de la caisse où seront gardées les sommes qui seront reçues pour toutes les opérations afférentes à la force et aux différents fonds de celle-ci.

Art. 47. — L'élection de l'officier sus-indiqué se fera annuellement dans le dernier mois de l'année économique, à la pluralité des voix, entre tous les chefs et officiers de la province et dans l'ordre déterminé par les ordonnances générales. Le scrutin sera vérifié en conseil présidé par le premier chef de la province.

ART. 48. — Il aura la troisième clef de la caisse et il exercera les fonctions déterminées, pour cette charge, par les ordonnances et règlements en vigueur.

ART. 49. — Son mandat durera un an et il ne pourra être réélu sans qu'on passe à un autre.

ART. 50. — En cas de faillite, le caissier ainsi que les chefs et officiers qui l'ont élu sont assujettis à tout ce que les ordonnances de l'armée prévoient pour ce cas particulier.

Des deuxièmes chefs.

ART. 51. — En outre des fonctions qui leur sont imposées par les ordonnances de l'armée, les deuxièmes chefs, dans les provinces, sont chargés du détail et de la comptabilité et, comme tels, ils auront la deuxième clef de la caisse.

ART. 52. — Lorsque le premier chef quittera la capitale pour quelque affaire de service, le deuxième chef sera chargé de la correspondance de la province et du courrier ordinaire. Il rendra compte au chef et fera exécuter tout ce qui sera prévu.

ART. 53. — En cas de maladie ou d'absence, hors de la province, du premier chef, le deuxième exercera le commandement provisoire et prendra sa place, conformément à l'ordonnance.

Des premiers chefs de province.

ART. 54. — Les lieutenants-colonels et les commandants premiers chefs dans les provinces, avec toutes les attributions du commandant correspondant à cette charge, sont les centres d'action d'où partent la direction du service et l'administration de la force armée affectée à chaque province.

Ils doivent répondre dignement à la confiance qui leur est accordée et qui est inhérente à un commandement aussi important, par leur zèle persévérant pour le bien du service. Leur mobilité continuelle, leur justice et leur impartialité sont les qualités qui, en élevant leur jugement, doivent servir d'école et d'exemple à tous leurs subordonnés. En pratiquant ces devoirs, il leur sera facile d'en exiger l'entier accomplissement de la part de leurs inférieurs.

ART. 55. — Deux fois par an, ils visiteront, minutieusement et en détail, la force de leur province, conformément aux instructions en vigueur et à celles qui leur sont données par le directeur général du corps.

ART. 56. — Si d'un point quelconque de leur province il leur parvient une nouvelle qui exige leur présence, ils se rendront immédiatement sur ce point et remédieront à la situation dans la mesure de leurs attributions. Ils rendront compte à l'autorité compétente pour que celle-ci adopte les solutions correspondantes.

ART. 57. — Ils entretiendront une correspondance active ou directe avec le directeur général du corps pour tout ce qui est relatif au service et aux détails de la force de leur province, en se conformant rigoureusement aux instructions en vigueur.

ART. 58. — Ils détiendront la première clef de la caisse et seront responsables de la comptabilité de celle-ci. Pendant leur absence de la capitale et si les circonstances l'exigent, ils pourront se faire décharger de cette charge spéciale.

ART. 59. — Ils donneront une connaissance exacte au colonel chef sous-inspecteur de toutes les nouvelles importantes qui se produiront dans la force ou dans la province de leur commandement, ainsi que des mesures qu'ils auront adoptées pour la meilleure direction et la meilleure administration. Ils adresseront, aussi, tous les documents et renseignements que ce chef exigera et jugera nécessaires, ainsi que des données précises pour sa vérification illimitée.

ART. 60. — Ils se présenteront tous les jours devant le colonel chef sous-inspecteur pour lui donner connaissance des nouvelles survenues et recevoir ses ordres, lorsque celui-ci résidera dans la même ville.

Des colonels sous-inspecteurs, chefs de bataillon.

ART. 61. L'inspection et le commandement des chefs de bataillon s'étendent sur toutes les branches qui constituent l'ordre et l'administration de leur bataillon; ils n'ont pas de limites et comprennent jusqu'aux détails les plus minimes de la discipline, de l'instruction, de l'ordre intérieur, de l'administration, de la comptabilité et du service spécial de l'institution. Ils doivent examiner, avec un zèle incessant, si toutes les branches sont dirigées et administrées conformément aux règlements et aux ordres en vigueur et aux dispositions prises par le directeur général du corps, afin que tout soit en l'état exigé pour le bien du service et la réputation du corps.

Gardo civila.   2

ART. 62.— Ils donneront immédiatement connaissance au directeur général de toute faute qu'ils relèveront contre les règlements et les dispositions en vigueur, et qui pourrait amoindrir la réputation du corps. Ils proposeront, s'il est nécessaire, la suspension, dans son commandement, de tout chef ou officier sous leurs ordres. Ils devront prouver, par leurs parfaites dispositions, le don de commandement et l'intelligence qui doivent être les qualités inséparables d'une charge aussi importante.

ART. 63. — Comme conséquence naturelle de leurs attributions, les chefs sous-inspecteurs se considéreront en inspection permanente et inspecteront les postes qui sont compris dans le territoire de leur bataillon, suivant telle idée qu'ils jugeront convenable pour imprimer la marche nécessaire à toutes les branches du service.

A la fin du mois de juin, chaque année, ils remettront au directeur général un exposé comprenant tous les moyens, toutes les mesures qu'ils auront adoptés, lequel exposé leur servira pour la revue générale qu'ils doivent accomplir à la fin de l'année. Ils pourront, dans un mémoire étendu et détaillé, rendre compte de l'état de la force à tous les points de vue, et dans l'ordre fixé par le chef supérieur du corps, qui remettra au Ministre de la guerre un exemplaire de chacun de ces mémoires avec son avis motivé et en proposant, en même temps, ce qu'il croit convenable.

ART. 64. — Bien que leur résidence habituelle doive être dans la capitale du district ou centre de leur bataillon, les colonels pourront, sans inconvénient, la transporter accidentellement

dans n'importe quelle province de leur commandement, selon qu'ils le jugeront convenable pour
le bien du service ou lorsque des circonstances
exceptionnelles l'exigeront. Ils rendront compte
au directeur général.

Art. 65. — Ils présideront les conseils qui auront lieu pour tous motifs relatifs au bataillon ;
ils auront voix et vote au conseil conformément
aux ordonnances.

CHAPITRE VI.

DISCIPLINE.

ART. 66. — La discipline, élément essentiel
dans tout corps militaire, est un élément encore
plus important dans la garde civile puisque la
dissémination de ses individus rend plus nécessaire, dans ce corps, le rigoureux accomplissement des devoirs, la constante émulation, l'obéissance aveugle, l'amour du service, l'unité de
sentiments, l'honneur et la bonne renommée de
l'institution. Par ces considérations, aucune
faute, même la plus légère, ne peut être dissimu-
lée dans la garde civile.

ART. 67. — On observera les règles générales
de discipline, de police, de bonne tenue et de
propreté ainsi que les règles prévenant la tiédeur
dans le service, le mécontentement et les mur-
mures.

ART. 68. — Dans ce corps, on considérera
toujours comme fautes graves contre la discipline :

1º Toute infraction aux obligations fixées dans
les articles antérieurs et à celles indiquées dans
le règlement du service spécial ;

2° L'inexactitude dans le service ;

3° Tout dérèglement de conduite ;

4° Le défaut de jugement ;

5° L'ivresse ;

6° Les dettes ;

7° Les relations avec des personnes suspectes ;

8° La fréquentation des cabarets, maisons de jeux ou maisons mal notées et mal famées ;

9° Toute faute contre le secret ;

10° L'acceptation de gratifications pour services rendus.

ART. 69. — Les mêmes peines que celles prescrites dans les ordonnances générales seront établies pour punir les fautes contre la discipline commises dans les classes de troupe :

1° La consigne au quartier ;

2° L'amende sur la solde avec sujétion aux règles que le directeur général dicte pour ce cas particulier ;

3° Le transfèrement dans un autre poste, section, compagnie ou bataillon, sans note ou avec note et sujétion à la surveillance ;

4° Le cachot ;

5° La suspension de grade ;

6° La séparation ou l'expulsion du corps sans option à nouvelle entrée.

7° L'envoi à la ferme de Ceuta pour accomplir le temps de l'engagement.

ART. 80. — Toute faute, pour si légère qu'elle soit, qui exigera une seconde punition ou un second châtiment, sera inscrite sur la feuille de vie et coutumes de l'individu. Chaque groupe de trois notes inscrites sur cette feuille, et qui n'apparaîtront pas en filiation, ne constituera qu'une seule faute.

ART. 71. — En règle générale, tout service domestique, même dans l'intérieur de leur compagnie ou section, est interdit aux gardes civils. Lorsque les chefs ou officiers sortent du lieu habituel de leur résidence pour des absences motivées par le service, ils peuvent se servir d'une ordonnance pendant toute la durée de leur mission.

ART. 72. — Les individus de troupe de ce corps seront jugés par le conseil de guerre ordinaire présidé par le premier chef sous-inspecteur du bataillon. Les officiers seront jugés par les conseils de guerre des officiers généraux conformément à l'ordonnance.

CHAPITRE VII.

DISPOSITIONS GÉNÉRALES.

ART. 73. — En ce qui concerne le service spécial de l'institution, la garde civile est constamment en faction. Par conséquent, tous les militaires de quelque grade qu'ils soient ainsi que les autres personnes, que celles-ci soient ou non des autorités, doivent toujours avoir pour les individus de ce corps la considération et le respect déterminés par les ordonnances générales pour toute sentinelle.

ART. 74. — Ce corps, dont le service particuculier est distinct de celui qu'exécutent les autres troupes de l'armée, ne sera jamais considéré, excepté en cas de guerre, comme faisant partie de la garnison des places ou des cantons dans lesquels il se trouve. Par conséquent, il ne fera pas d'autre service que celui de son institution et ne fournira aucune garde ailleurs que dans ses casernes; mais, dans les cas extraordires et à défaut d'autre force publique, le gouverneur, dans les capitales de province, pourra ordonner que ce corps fournisse une garde pour le Trésor public.

ART. 75. — Quand une province n'est pas déclarée en état de guerre, les chefs et officiers de la garde civile ne peuvent être désignés par les places, pour délibérer au conseil de guerre, ou pour y être employés comme défenseurs, procureurs ou secrétaires dans les affaires autres que celles qui se présenteront dans l'intérieur du corps. Néanmoins, les individus des classes de troupe pourront être employés par la place comme greffiers.

ART. 76. — Dans les places ou garnisons, le mot sera pris par la garde civile. Ce mot sera remis, cacheté, au garde civil envoyé à l'état-major de la place. Les chefs sous-inspecteurs le recevront dans la même forme que les autres chefs de l'état-major du district militaire où ils se trouvent.

ART. 77. — Aucun individu de ce corps ne pourra être distrait de son service pour aucun motif. Dans les cas de fautes qui motivent arrestation, cette peine pourra leur être infligée, et on donnera en même temps connaissance à ses chefs de la cause qui l'aura produite.

ART. 78. — La garde civile ne pourra être employée à porter des plis à moins de circonstances extraordinaires et urgentes qui rendront ce service absolument indispensable.

ART. 79. — Les autorités feront à la garde civile la remise des prisonniers qu'il y aura à conduire aux jours fixés à cet effet.

Art. 80. — Les chefs, officiers et individus du corps, dans les points sur leur passage et à leur arrivée dans le poste qui leur est assigné, devront se présenter aux gouverneurs ou commandants de places ou de cantons ; mais ils ne seront pas tenus de le faire chaque fois qu'ils partiront ou qu'ils rentreront pour une course spéciale à leur service.

Art. 81. — Toutes les gardes et postes militaires prêteront aide à tout garde civil qui la réclamera.

Art. 82. — Sont abrogés tous les ordres et toutes les dispositions contraires au présent règlement.

Dispositions transitoires.

Conformément aux prescriptions du Gouvernement provisoire de la nation, contenue dans l'ordre du 20 novembre 1868, et jusqu'à ce que le remplacement que le corps possède aujourd'hui soit complètement éteint, la participation dans les vacances, que les articles 18, 19 et 20 du présent règlement accordent à l'armée, ne sera pas appliquée.

Approuvé par Sa Majesté.

Madrid, 29 novembre 1871.

Signé : Bassols.

Résumé général de la force du corps.

BATAILLONS	CHEFS			OFFICIERS D'INFANTERIE			TROUPES INFANTERIE							OFFICIERS DE CAVALERIE			TROUPE DE CAVALERIE							TOTAL GÉNÉRAL DE LA FORCE			PERSONNEL affecté au corps		
	Colonels	Lieutenants-colonels	Commandants	Capitaines	Lieutenants	Sous-lieutenants	Sergents en 1er	Sergents en 2e	Clairons	Caporaux en 1er	Caporaux en 2e	Gardes en 1er	Gardes en 2e	Capitaines	Lieutenants	Sous-lieutenants	Sergents en 1er	Sergents en 2e	Trompettes	Caporaux en 1er	Caporaux en 2e	Gardes en 1er	Gardes en 2e	Infanterie	Cavalerie	Chevaux	Médecins	Vétérinaire	Aumônier
1er	1	2	3	11	23	9	9	32	18	63	63	115	692	1	4	3	1	6	7	10	10	66	69	992	169	153	1	»	»
2e	1	2	3	10	18	9	8	28	16	54	53	87	712	1	3	2	1	4	5	6	7	40	44	938	107	99	»	»	»
3e	1	2	4	13	21	10	10	30	20	60	60	117	866	1	3	3	1	5	6	7	7	33	39	1.163	98	91	»	»	»
4e	1	3	3	11	21	10	10	30	20	61	61	97	731	3	6	3	3	6	9	14	14	76	76	1.010	198	177	»	»	»
5e	1	2	3	15	27	13	13	40	26	78	80	136	873	1	3	2	1	4	5	6	7	27	45	1.246	95	85	»	»	»
6e	1	»	4	9	13	5	4	17	8	34	38	72	370	»	1	»	1	1	4	2	2	9	11	543	26	24	»	»	»
7e	1	3	3	11	24	10	10	28	20	56	56	96	590	1	3	2	1	4	5	6	6	40	43	856	107	100	»	»	»
8e	1	3	4	17	32	13	15	46	30	93	94	160	1.025	3	6	4	3	7	10	13	13	75	78	1.460	199	182	»	»	»
9e	1	1	4	12	18	8	8	23	16	48	47	83	504	1	3	1	1	5	6	7	7	33	42	729	101	90	»	»	»
10e	1	1	3	9	13	5	5	17	10	35	32	58	434	»	2	1	»	3	3	4	4	22	28	591	64	60	»	»	»
11e	1	2	3	10	17	8	8	27	16	54	54	68	730	1	2	3	1	4	5	7	7	34	39	957	97	86	»	»	»
12e	1	1	4	13	20	9	9	30	18	57	58	90	727	1	3	2	1	4	5	6	6	36	41	980	99	85	»	»	»
13e	1	1	4	10	16	6	6	20	12	41	40	68	429	»	2	1	»	3	4	4	4	22	26	616	62	55	»	»	»
14e	1	1	2	10	17	8	8	24	16	49	48	92	497	1	3	1	1	3	4	6	6	52	53	734	125	115	1	1	1
15e	1	»	5	10	13	6	6	21	12	43	43	67	546	»	1	3	»	1	1	»	»	»	1	738	72	64	»	»	»
1re gardes	1	»	1	4	4	»	1	4	1	4	4	4	4	»	»	»	»	1	1	1	»	»	1	22	4	4	»	»	»
Direction	1	4	2	9	2	»	»	»	»	»	»	»	»	»	»	»	»	»	»	»	»	»	»	»	»	»	»	»	»
Total..	16	27	53	181	295	131	130	417	259	830	828	1.410	9.730	15	46	33	15	64	79	108	104	589	669	13.604	1.623	1.470	2	1	1

Tarifs de solde et gratifications fixées
pour les chefs, officiers et hommes de troupe de la garde civile.

CLASSES.	Journalière. fr. c.	Mensuelle. fr. c.	Annuelle. fr. c.	CLASSES.	Journalière. fr. c.	Mensuelle. fr. c.	Annuelle. fr. c.
Etat-major.				**Cavalerie.**			
Colonel sous-inspecteur....	25 »	750 »	9.000 »	Capitaine.................	10 55	316 66	3.800 »
Lieutenant-colonel premier chef de province et second chef du 14e bataillon.....	20 83	625 »	7.500 »	Lieutenant................	8 05	241 66	2.900 »
Commandant, premier et deuxième chef du 14e bataillon.	13 33	400 »	4.800 »	Sous-lieutenant...........	7 08	212 50	2.550 »
Capitaine, second chef du 14e bataillon.............	9 16	275 »	3.300 »	Sergent en 1er............	3 58	107 50	1.290 »
Capitaine adjudant, caissier du 14e bataillon..........	9 16	275 »	3.300 »	Sergent en 2e....	3 34	99 50	1.203 »
Capitaine adjudant secrétaire...................	9 16	275 »	3.300 »	Caporal en 1er............	3 22	96 75	1.161 »
				Caporal en 2e............	3 10	93 25	1.119 »
				Garde en 1er.............	3 03	91 »	1.092 »
Infanterie.				Garde en 2e et trompette....	2 96	87 25	1.047 »
Capitaine.....	9 16	275 »	3.300 »	**Gratifications.**			
Lieutenant................	7 56	227 08	2.725 »	Secrétaire dans une province de 1re classe............	»	33 33	400 »
Sous-lieutenant...........	6 66	200 »	2.400 »	Secrétaire dans une province de 2e classe.............	»	25 »	300 »
Sergent en 1er............	2 96	89 »	1.068 »	Secrétaire dans une province de 3e classe.............	»	20 83	250 »
Sergent en 2e............	2 84	85 25	1.023 »	Secrétaire du caissier.....	»	25 »	300 »
Caporal en 1er............	2 72	81 75	981 »	Secrétaire du quartier-maître....	»	25 »	300 »
Caporal en 2e............	2 60	78 25	939 »	Secrétaire de l'adjudant....	»	25 »	300 »
Garde en 1er.............	2 49	74 75	897 »				
Garde en 2e et clairon......	2 36	71 »	852 »				

Règlement sur le service de la Garde civile

Approuvé par décret du 2 août 1852.

CHAPITRE PREMIER.

ARTICLE PREMIER. — La garde civile a pour objet :

1º La conservation de l'ordre public ;

2º La protection aux personnes et aux propriétés, à l'intérieur et en dehors des populations ;

3º L'aide que réclame l'exécution des lois.

ART. 2. — Lorsque le service dont parle l'article précédent le permettra, la garde civile pourra être employée, comme auxiliaire, en tout autre service public qui réclamera l'intervention de la force armée.

CHAPITRE II.

DÉPENDANCE DE LA GARDE CIVILE.

ART. 3. — La garde civile dépend :

1º Du Ministre de la guerre pour tout ce qui touche à son organisation, à son personnel, à sa discipline et à son matériel ;

2º Du Ministre de l'intérieur pour ce qui est relatif à son service spécial, à la perception de la solde et à son casernement ;

3º Du Ministre de l'agriculture pour ce qui est relatif à la surveillance rurale et forestière.

ART. 4. — Le Ministre des grâces et justice et les autorités judiciaires pourront requérir sa coopération par l'intermédiaire de l'autorité civile, en dehors des cas urgents indiqués par ce règlement et dans lesquels l'autorité judiciaire pourra s'entendre directement avec les chefs respectifs de la garde civile.

CHAPITRE III.

MINISTÈRE DE L'INTÉRIEUR.

ART. 5. — Le Ministre de l'intérieur est l'unique canal par lequel se transmettent les ordres de Sa Majesté pour disposer du service de la garde civile.

ART. 6. — La force de la garde civile sera distribuée de la manière suivante : un bataillon pour chaque capitainerie générale et une compagnie d'infanterie pour chaque province, avec le nombre de postes exigé par les nécessités du service et suivant la décision du Ministre de l'intérieur. La force de cavalerie de chaque bataillon sera distribuée selon les convenances et les nécessités du service entre toutes les provinces que compte ce bataillon.

ART. 7. — En cas de nécessité, le Ministre de l'intérieur pourra réunir, temporairement, les bataillons. Cette réunion devra être dissoute aussitôt que le motif grave et urgent qui aura provoqué cette mesure extraordinaire aura disparu.

ART. 8. — Ce ministère communiquera directement au directeur général de la garde civile, aux gouverneurs de province et aux chefs de bataillon les ordres relatifs au service et au casernement de la force armée.

ART. 9. — Tout chef ou officier de la garde civile qui entravera le service, pour quelque cause que ce soit, pourra être suspendu de ses fonctions par le Ministre de l'intérieur. En cas de nécessité, le Ministre de l'intérieur fera la communication nécessaire au Ministre de la guerre, afin que la suspension du chef ou de l'officier qui a été l'objet de cette mesure ait lieu par les voies nécessaires.

ART. 10. — Les gouverneurs de province disposent du service de la garde civile placée dans leur province, mais ils ne se mêleront jamais de toucher au personnel, à la discipline et aux mouvements militaires pour l'exécution du service. Ceci regarde exclusivement les chefs et officiers du corps.

ART. 11. — Quand des circonstances graves l'exigeront, les gouverneurs pourront réunir en totalité ou en partie, et sur le point qu'ils jugeront le plus convenable, la garde civile affectée à leur province.

ART. 12. — Les gouverneurs pourront suspendre de leurs fonctions de commandant de la garde civile, de chef de section ou de ligne tout chef ou officier placé dans le rayon de leur province et qui n'accomplirait pas, dans le cercle de ses facultés, les dispositions prévues par l'autorité civile ou qui, pour toute autre cause, entraverait le service.

Dans ce cas, le gouverneur devra rendre compte immédiatement au Ministre de l'intérieur, qui révoquera ou approuvera cette mesure.

Si Sa Majesté daigne approuver la conduite du gouverneur, le Ministre de l'intérieur procédera en la forme prescrite dans l'article 9 de ce règlement.

ART. 13. — Les alcades pourront requérir

l'assistance de la garde civile placée dans leurs villes.

Art. 14. — La garde civile ne pourra refuser son service chaque fois qu'il sera demandé pour un cas de son institution et dans l'intérieur du territoire de la ville, et que cela ne sera pas contraire aux ordres du gouverneur de la province. Sans ces causes, le service sera refusé. Les alcades adresseront leurs plaintes ou réclamations au gouverneur de la province.

Art. 15. — Les alcades sont responsables de l'usage qu'ils font de la force armée ; ils devront adresser au gouverneur toute plainte qu'ils auraient à porter contre elle.

CHAPITRE IV.

DES AUTORITÉS JUDICIAIRES.

Art. 16. — Le président ou procureur d'un tribunal qui aura besoin de l'assistance de la garde civile pour quelque service attribué par le règlement à l'autorité judiciaire devra adresser la demande nécessaire au gouverneur de la province où il y a lieu d'employer la force armée. Celui-ci ne pourra la refuser, à moins que d'autres services plus importants ne le permettent pas. La garde civile ne pourra pas être employée à la garde des coupables mis en chapelle, ni à les escorter jusqu'au lieu de l'exécution, ce service étant particulier aux troupes de l'armée.

Art. 17. — Le juge de première instance ou le procureur qui demande l'aide de la garde civile dans son propre district adressera sa demande, par les moyens décrits plus haut, à l'autorité civile, s'il y en a, et, à son défaut, au commandant de la force armée, qui donnera le secours requis.

Seulement, dans le cas d'exécution d'un service plus important, ainsi qu'il est dit dans l'article précédent, l'autorité civile ou le commandant de la garde civile pourront cesser de prêter assistance au juge ou au procureur qui aura demandé la coopération.

Art. 18. — Les autorités judiciaires devront requérir l'assistance de la garde civile par écrit lorsque ce moyen ne sera pas incompatible avec le secret exigé par l'administration de la justice. Elles devront indiquer le motif qui nécessite la coopération de cette force, ainsi que l'indique la formule nº 1.

Art. 19. — Les commandants de sections sont tenus d'adresser au procureur un état annuel des vols, blessures, assassinats ou autres délits dont ils ont eu connaissance ou qu'ils ont reçu l'ordre de rechercher dans leur section et dont les auteurs n'ont pu être connus ou trouvés.

Art. 20. — Les commandants des bagnes et les gardiens des prisons sont tenus de rendre compte au commandant de la garde civile de l'évasion de tout coupable.

Art. 21. — Chaque fois qu'un commandant de section aura été avisé de quelque délit dont les auteurs sont inconnus, il devra, indépendamment des informations qu'il prendra pour leur découverte, en donner connaissance immédiatement au procureur pour que celui-ci puisse, de son côté, arriver à la capture des auteurs.

Art. 22. — Le commandant de la garde civile devra s'entendre avec le procureur quand il le jugera convenable, pour que tous deux puissent prendre les mesures nécessaires pour découvrir et placer sous la sentence de la loi les délinquants et les coupables en fuite qui existent dans le district.

CHAPITRE V.

DEVOIRS ET DROITS DE LA GARDE CIVILE.

Art. 23. — Tout individu de la garde civile est tenu d'obéir au gouverneur de la province et d'aider ses délégués quand ceux-ci requerront l'intervention de la force armée pour réprimer une émeute ou un désordre de quelque nature qu'ils soient.

Art. 24. — La stricte obéissance aux ordres de l'autorité dans le cas dont il est parlé ci-dessus dégage sa responsabilité. La moindre désobéissance ou mauvaise humeur dans l'exécution de ce genre d'ordres sera punie avec toute la rigueur de l'ordonnance militaire.

Art. 25. — La garde civile est tenue non seulement de coopérer au maintien de l'ordre public, à l'observation et à l'exécution des instructions du gouverneur de la province ou de ses délégués, mais encore d'accourir pour l'accomplissement de ce service, si l'autorité n'est pas présente. Par conséquent, tout chef, officier ou individu de troupe de ce corps est tenu d'étouffer ou de réprimer toute émeute ou tout désordre qui se produit en sa présence, sans qu'il soit besoin pour agir activement d'un ordre de l'autorité civile.

Art. 26. — Dans tous les cas, le chef de la force armée procédera ainsi qu'il suit :

Garde civile. 3

1º Il se servira du moyen que lui dictera la prudence nécessaire pour persuader aux perturbateurs de se disperser et de cesser de troubler l'ordre public.

2º Quand ce moyen sera inefficace, il les préviendra qu'il va faire usage de la force des armes.

3º Si, à la suite de cette intimation, les mutins persistent dans leur désobéissance, il rétablira de vive force la tranquillité et l'empire de la loi.

Art. 27. — Si les mutins ou les perturbateurs ont fait usage de quelque moyen violent durant les premières intimations, la garde civile emploiera la force immédiatement, sans procéder à d'autres intimations ou avertissements.

Art. 28. — Toute réunion séditieuse et armée devra être dissipée sur-le-champ et on arrêtera les perturbateurs. S'ils résistent, on emploiera la force des armes.

Art. 29. — La garde civile maintiendra continuellement des patrouilles sur les routes et spécialement sur les points qui n'offrent pas de sécurité.

Elle réglera leur répartition de manière qu'il y ait constamment deux patrouilles sur le même chemin, parcourant le même trajet, mais en sens opposé. Pendant que ces patrouilles veilleront strictement à la sécurité des routes royales, on établira convenablement sur le parcours de celles-ci des postes de la garde civile sur les points ou dans les villages où ils seront reconnus nécessaires.

Art. 30. — Le commandant de chaque poste tiendra les registres nécessaires pour noter les faits importants dont il aura connaissance ainsi que tous les actes de la force armée pour l'accomplissement de son service.

Il enverra toutes les semaines, au commandant de la ligne, un extrait succinct de ces registres pour que celui-ci prévienne le gouverneur de la province et les autres autorités supérieures.

Néanmoins, quand il se produira quelque événement notable ou extraordinaire, le commandant de poste adressera directement un rapport spécial au gouverneur de la province. Il préviendra, en même temps, de cet événement l'autorité civile et les chefs de la garde civile qui doivent en avoir connaissance.

ART. 31. — Le garde civil commandant un couple ou une patrouille aura sur lui un registre pour noter les entrevues qu'il a avec d'autres couples ou patrouilles pour visiter quelques points. Les commandants se donneront, entre eux, connaissance de ce qu'ils auront appris et conféreront sur le meilleur moyen d'exécuter promptement leur service.

Les patrouilles qui vont parcourir les villages situés sur le territoire de leur poste auront un autre registre qui sera visé tous les jours, avec l'heure d'arrivée et de départ, par les alcades des villages visités et surtout par l'alcade du village où elles auront passé la nuit.

ART. 32. — Dans les chemins, dans les campagnes et dans les lieux inhabités, toute force ou patrouille de la garde civile aura soin de protéger toute personne qui se trouvera en peine ou en danger quelconque, de lui prêter aide et de lui donner les secours qu'elle aura à sa disposition.

Par conséquent, elle devra protéger tout voyageur qui sera l'objet d'une violence quelconque, elle aidera tout voiturier qui sera en peine ou qui éprouvera quelque contre-temps qui le retient sur la route. Elle recueillera les blessés, les infirmes et ceux qui sont dans l'impossibilité de continuer leur route. Elle contribuera à l'extinction des incendies dans les campagnes, dans les maisons isolées et dans les centres de population. En somme, elle prêtera, de la meilleure manière qui lui sera possible, tout service qui pourra contribuer au but et à l'éclat de cette institution essentiellement bienfaisante et protectrice.

Art. 33. — La conduite périodique des prisonniers, sur les lignes fixées et sous la plus étroite responsabilité de celui qui commande la force armée, incombe à la garde civile. Ces conduites auront lieu dans chaque province, deux fois par semaine, mais pas davantage et aux jours fixés. Pour quelque motif que ce soit, l'alcade ne pourra altérer les règles fixées pour ce cas particulier. A défaut de la garde civile et seulement lorsque celle-ci sera complètement occupée à d'autres services plus importants, toute autre force armée sera chargée de la conduite des prisonniers. A cet effet et dans ce cas, on aura recours aux autorités militaires pour fournir l'escorte nécessaire.

Art. 34. — Il est dans les attributions de la garde civile et il est de son devoir, conformément à ce qui est prévu par le règlement et dans les instructions particulières qui seront données, de veiller à l'observation des lois et des dispositions y relatives, en ce qui concerne :

1º Les routes, les ponts à péage, les ponts et les barques;

2º La conservation des forêts et des bois appartenant à l'Etat, aux villes et aux particuliers;

3º L'observation des lois sur l'usage des armes, sur la chasse et la pêche;

4º La conservation des pâturages appartenant en commun aux habitants et de leurs biens propres;

5º La conservation des autres arbres ou propriétés qui forment partie de la richesse publique ou communale;

6º La conservation de toutes les propriétés particulières.

ART. 35. — Comme conséquence de ce qui est prescrit dans l'article précédent, la garde civile veillera constamment à tout ce qui constitue la police rurale : à ce qu'on ne touche pas aux arbres qui sont sur les chemins et dans les bois. à ce que des troupeaux ne pénètrent ni dans les forêts, ni sur les terrains particuliers qui sont défendus. Elle arrêtera les personnes qui, abandonnant les chemins, vont dans les forêts avec des instruments propres à couper ou à arracher.

Elle empêchera qu'on allume des feux dans l'intérieur des forêts et qu'on fasse des coupes avant et après le coucher du soleil. Elle veillera aussi à tout ce qui concerne la conservation de la propriété et à la répression de toute attaque que celle-ci pourrait subir. Elle prêtera son aide aux gardes et aux autres personnes qui le demanderont.

ART. 36. — La garde civile est tenue, aussi :

1º De prendre note de la perpétration de tout délit ou de tout fait contraire aux lois, aux décrets et ordonnances du gouvernement, aux publications des autorités et aux ordonnances municipales;

2° De ramasser les vagabonds qui vont par les chemins et lieux déserts, ainsi que les évadés des prisons et des bagnes et de les remettre à l'autorité civile. Pour cela, les alcades des villes et les juges de première instance sont tenus de donner aux chefs de postes ou de patrouilles une liste des personnes qui se trouvent dans ce cas, avec mention détaillée et explicite de leur signalement personnel et de toutes les circonstances nécessaires pour éviter les méprises;

3° De ramasser les insoumis et les déserteurs de l'armée; de remettre les premiers à l'autorité civile, et les seconds à l'autorité militaire de la ville la plus rapprochée;

4° De poursuivre et d'arrêter les délinquants et contrevenants aux dispositions auxquelles se rapporte le premier paragraphe du présent article et de les remettre à l'autorité ou au tribunal compétent;

5° D'accourir au point nécessaire pour poursuivre les voleurs ou malfaiteurs dès qu'elle a connaissance de la perpétration d'un vol ou de l'apparition de gens suspects sur le territoire du district qui lui est confié.

ART. 37. — Dans toutes les villes capitales de territoire judiciaire, il y aura un poste de la garde civile qui sera tenu d'envoyer un couple, une fois par mois, dans tous les villages situés sur le territoire, à moins que des mesures de services plus importantes ne l'en empêchent. Si, à cause de la trop grande étendue du territoire, la force du poste établi dans la capitale n'est pas suffisante, on établira, pour obtenir le but indiqué, un autre poste au point le plus convenable.

Art. 38. — Dans toutes les foires et pèlerinages, il y aura une force armée ou une patrouille qui ne sera pas de moins de trois individus. Le commandant de section veillera au maintien de l'ordre intérieur et à la sécurité des personnes sur les routes avoisinantes. Pour cela, on établira sur les avenues et dans les alentours du village où se tient la foire des couples qui feront patrouille et qui veilleront constamment, de jour et de nuit, jusqu'à ce que le motif qui, dans ce cas, attire les malfaiteurs, vagabonds et gens perdus ait cessé.

Art. 39. — Si, à la suite de quelque accident ou de quelque tumulte, la garde civile a à faire preuve d'une attitude militaire, les alcades ne pourront lui ordonner de se retirer jusqu'à ce que l'ordre soit rétabli.

Art. 40. — Le commandant d'un couple ou d'une patrouille de la garde civile, ou tout individu de cette force qui opère isolément, est tenu :

1° D'exiger des voyageurs, de quelque classe et de quelque qualité qu'ils soient, l'exhibition du document de sécurité ; d'arrêter ceux qui n'auront pas de document établi dans la forme voulue et de les présenter à l'autorité compétente, mais seulement lorsque l'arrestation aura lieu à l'intérieur ou dans les environs de la ville où réside un de ces fonctionnaires. Si le défaut est constaté sur les routes, il devra seulement arrêter les voyageurs suspects pour les présenter à l'autorité. En ce qui concerne les autres, il se bornera à faire un rapport à l'autorité civile et à prescrire à l'intéressé ou aux intéressés de se pourvoir du document nécessaire dans le village le plus voisin dans la direction de leur voyage.

2° Il pourra arrêter toute voiture publique pour exiger l'exhibition des documents de sécurité, en ayant soin de causer le moins de retard possible.

3° Il exigera aussi l'exhibition des licences nécessaires pour faire usage des armes, pour chasser ou pêcher. Il fera connaitre à l'alcade de la ville où demeure l'intéressé toute faute qui sera constatée.

4° S'il le juge utile à son service, il pourra entrer, à quelque heure du jour ou de la nuit que ce soit, dans les auberges ou dans les maisons situées dans des endroits déserts, quand il aura motif de suspecter que quelque délinquant ou malfaiteur s'y est caché.

5° Il devra demander aux alcades la liste et le signalement des déserteurs, des évadés et des personnes de mauvaise conduite qu'il pourrait y avoir ou qui auraient cherché un asile sur leur territoire. Les alcades ne pourront refuser cette liste qui, bien entendu, sera donnée par écrit.

ART. 41. — Tout individu de la garde civile a qualité pour instruire les informations sommaires de tout délit commis en sa présence ou dénoncé par des voyageurs ou autres personnes qui se trouvent dans les villes.

Il doit s'occuper immédiatement de les dénoncer et de remettre, dans le plus bref délai, la procédure au juge de première instance. Dans aucun cas, ce délai ne peut excéder quatre jours comptés du jour où s'est produit le fait qui la motive.

ART. 42. — Aucun chef ni individu de la garde civile ne peut imposer ni exiger de lui-même des amendes ou autres peines quelconques, ni celles prescrites par les lois, publications ou dispositions en vigueur.

Il doit, dans ce cas, se borner à présenter l'auteur de l'infraction à l'autorité compétente et se borner à l'usage des droits qui sont déterminés dans les articles antérieurs.

ART. 43. — Les gouverneurs de province disposeront aussi du service que la garde civile devra exécuter dans l'intérieur des populations en ce qui concerne l'assistance de cette force dans les réunions publiques, mais dans le but unique de veiller au maintien de l'ordre et à la sécurité des personnes.

Ils auront soin, à moins de cas extraordinaires, de ne pas employer les individus de ce corps à exiger les documents de sécurité, ni à tout autre service de police à l'intérieur des populations, ce qui les distrairait de leur service extérieur.

ART. 44. — Quand l'autorité civile jugera que la force des gardes préposés à la sécurité publique est insuffisante dans quelque service auquel elle est destinée, elle pourra requérir l'aide de la garde civile, qui obéira toujours aux ordres de ses chefs immédiats.

ART. 45. — Tout chef ou individu de la garde civile pourra exécuter tout service de cette espèce, sans ordre ni réquisition préalable de l'autorité civile, lorsque les faits se passeront en sa présence, près de lui, ou que, dans un cas urgent, il sera appelé par un habitant.

ART. 46. — Nul individu de la garde civile ne pourra pénétrer dans une maison particulière non située dans un endroit désert sans la permission préalable du maître. Si l'arrestation d'un délinquant ou la constatation d'un délit exige soumission et que le maître refuse, le chef de la force armée devra en donner connaissance à l'autorité locale et prendre les dispositions nécessaires pour exercer, pendant ce temps, une surveillance efficace.

ART. 47. — La prohibition antérieure ne s'applique pas aux hôtels garnis, aux cafés, aux tavernes, aux auberges, aux hôtelleries et autres maisons où le public est admis et où il se réunit de quelque manière que ce soit.

Tout individu de la garde civile pourra y pénétrer, soit en vertu d'une réquisition de l'autorité compétente, soit de son propre mouvement, quand il aura connaissance de quelque délit, de quelque désordre ou de quelque infraction commise dans ces établissements, et opérer l'arrestation du délinquant.

ART. 48. — La garde civile doit aider les autorités judiciaires à assurer la bonne administration de la justice dans toutes ses parties. De leur côté, les autorités judiciaires donneront à la garde civile tous les renseignements qu'elle demandera et qui seront nécessaires pour l'arrestation des coupables en fuite et de toute espèce de malfaiteurs.

ART. 49. — Tout chef ou individu de la garde civile est tenu de donner connaissance immédiate, aux juges de première instance du district, de tous les délits qu'il apprend, de leur remettre les procédures nécessaires qu'il a instruites et de mettre à leur disposition les délinquants qu'il a saisis.

ART. 50. — Enfin, la garde civile prêtera le service nécessaire pour assurer l'ordre et la liberté dans l'exécution des jugements des tribunaux, lorsque la force des gardiens de la sécurité publique et des autres personnes qui dépendent des tribunaux ne suffira pas.

CHAPITRE VI.

CASERNEMENT.

ART. 51. — Dans toutes les capitales de province, capitales de territoire et autres villes ou campagnes dans lesquelles un poste permanent de garde civile est fixé, on établira la caserne nécessaire pour la force assignée à chacune d'elles.

ART. 52. — Les fonds nécessaires pour la construction ou l'appropriation des casernes seront fournis par le ministère de l'intérieur et à la charge du chapitre du budget assigné à cet objet.

ART. 53. — La direction générale du corps est chargée du casernement de tous les postes. Dans les postes de passage et dans les autres villes où la garde civile se présente et passe la nuit, elle sera logée ainsi qu'il est prescrit pour les autres troupes de l'armée.

Les ustensiles nécessaires aux casernes seront administrés par le ministère de la guerre.

CHAPITRE VII.

DISPOSITIONS GÉNÉRALES.

ART. 54. — La garde civile ne peut être distraite du but de son institution.

L'autorité qui commettra cet abus en sera responsable.

ART. 55. — La garde civile ne peut être employée au transport des plis, à moins de circonstances extraordinaires qui rendraient ce service indispensable.

Elle rendra compte du motif qui l'aura causé.

ART. 56. — La garde civile ne sera pas employée aux gardes d'honneur.

Dans chaque gouvernement de province, il y aura une ordonnance de ce corps pour communiquer, uniquement, les ordres afférents au service du corps.

Le garde civil qui fait le service d'ordonnance ne devra pas, sous quelque titre et sous quelque prétexte que ce soit, être employé à des soins domestiques qui pourraient amoindrir l'éclat et le décorum du corps.

ART. 57. — L'autorité civile ne pourra s'immiscer, dans l'intérieur du corps, dans les questions de matériel et de personnel; elle devra seulement combiner ses ordres avec le service que les individus ont à exécuter conformément à ce règlement.

ART. 58. — Les ordres pour le service de la garde civile seront donnés par écrit et signés de l'autorité de laquelle ils émanent. Néanmoins, les gouverneurs de province pourront les donner de vive voix lorsque l'urgence de la circonstance l'exigera.

ART. 50. — Si quelque autorité subalterne ou un alcade outrepasse ses attributions envers la garde civile, la plainte sera faite par le canal régulier du commandant même de la garde civile de la province, qui la transmettra au gouverneur pour avoir une solution.

Art. 60. — Seuls, les gouverneurs de province, ou ceux qui leur sont substitués dans le commandement, pourront faire appeler auprès d'eux le commandant de la garde civile ou ses subordonnés.

Art. 61. — Lorsque les gouverneurs de province observeront quelque défectuosité dans le personnel de la garde civile, ils pourront en avertir le commandant de la garde civile de leur province. Si celui-ci ne remédie par à la faute indiquée, ils s'adresseront au chef de bataillon qui prendra les mesures convenables pour y remédier avec efficacité et avec la plus grande promptitude et qui rendra compte au directeur général du corps. Les gouverneurs de province pourront aussi s'adresser au directeur général chaque fois qu'ils jugeront convenable de faire une observation au sujet du matériel et du personnel de la garde civile, qui, sous ce rapport, dépend du Ministre de la guerre.

Art. 62. — Le directeur général a qualité pour veiller à l'exécution du service, conformément aux prescriptions du présent règlement. Dans ce but, il s'entendra directement avec le Ministre de la guerre et avec les gouverneurs de province chaque fois qu'il le jugera nécessaire.

Art. 63. — Le même directeur général a qualité pour disposer de la réunion et de la concentration des postes du corps dont il a le commandement, chaque fois qu'il le jugera nécessaire, contre l'invasion des factieux dans une province de la monarchie ; mais il est strictement tenu de rendre compte au Ministre de la guerre de l'ap-

parition et de la disparition des causes qui ont
donné lieu à cette mesure et du renvoi à leur
destination primitive des postes concentrés.

ART. 64. — Les gouverneurs de province veilleront à ce que le commandant de la garde civile
reçoive un exemplaire du *Bulletin officiel*, afin
qu'ils soient prévenus de tous les ordres royaux
et des dispositions mises en vigueur. Ils lui remettront les communications intéressant le service et qui ne sont pas insérées audit *Bulletin*.

ART. 65. — Les gouverneurs auront soin de
pourvoir de la lettre de créance nécessaire tous
les gardes qui exercent leur service dans leur
province.

ART. 66. — La garde civile ne peut délibérer
ni représenter en corps, sous aucun prétexte; ses
individus ne pourront pas non plus représenter,
en aucun cas, pour aucun négoce public.

ART. 67. — Ceux qui rendront un service extraordinaire seront proposés à Sa Majesté pour
qu'elle leur accorde la récompense qui leur est
due.

Cette récompense, selon la classe à laquelle
appartient l'individu et le service rendu, consistera en un prix propre à sa carrière.

Les faits d'armes seront récompensés par l'entremise du Ministre de la guerre.

ART. 68. — Tout individu de la garde civile est
tenu de se conduire toujours avec la plus grande
réserve et la plus grande courtoisie, dans quelque
cas qu'il se trouve. On punira sévèrement celui
qui n'aura pas, pour toutes classes de personnes,
les égards et la considération qu'on doit exiger
de la part d'individus appartenant à une institution créée pour assurer l'empire des lois, la

tranquillité et l'ordre intérieur dans les villages, et pour veiller au respect des personnes pacifiques et honorées, et de leurs biens.

ART. 69. — Sont abrogés tous les ordres royaux et dispositions antérieurs qui sont contraires au présent règlement.

Saint-Ildefonse, 2 août 1852.

Signé : BELTRAN DE LIS.

ART. 70. — La garde civile ayant été augmentée afin de se livrer à la garde rurale et forestière, les corps et individus employés actuellement à la garde rurale dans les provinces cesseront leurs fonctions et seront défrayés par l'Etat, par les provinces ou par les villes. Sont exceptés, les employés du ministère de l'agriculture qui subsisteront dans la forme la plus convenable pour assurer la conservation et l'amélioration des forêts.

ART. 71. — La garde civile, dans l'exécution de son service dans les campagnes, arrêtera les délinquants, chaque fois qu'elle découvrira quelque dommage ou quelque intrusion dans les propriétés, ou quelque autre délit ou faute. Elle suivra et découvrira aussi les traces ou indices du fait qui devra être poursuivi, avant que ces traces ou indices aient pu être détruits ou altérés. Elle saisira les objets matériels qui sont considérés comme corps du délit.

ART. 72. — Quand elle se trouvera en présence d'un dommage dont elle pourra empêcher la continuation, tels que : incendies, détournement des eaux, invasion d'un troupeau sur une propriété défendue, la garde civile aura soin d'arrêter le dommage avec toute la ponctualité que le cas exige. Elle obligera à lui prêter leurs concours, non seulement les gardes particuliers et autres employés ruraux ou forestiers de quelque classe qu'ils soient et qui ont un caractère public, mais encore ceux mêmes qui ont causé le dommage.

ART. 73. — Suivant l'urgence des circonstances, la garde civile établira toujours l'enquête nécessaire ou le rapport détaillé des délits ou fautes qu'elle découvrira. Elle les remettra, sans manquer, à l'autorité compétente avec ceux qui ont causé des dommages ou opéré des soustractions, si elle les a découverts, ainsi que ceux qui ont participé à la perpétration de ces délits ou de ces fautes.

ART. 74. — Les fruits ou autres objets soustraits seront remis à leur propriétaires par la garde civile lorsque ceux-ci seront connus, en prenant préalablement la garantie nécessaire et qui constatera l'obligation de les restituer ou de répondre de leur valeur dans le cas nécessaire.

ART. 75. — Quand le propriétaire ne sera pas connu, les objets dont parle l'article précédent seront déposés dans le lieu désigné par l'autorité locale, toujours dans la maison d'un habitant honorable, et de la manière la plus convenable possible pour éviter la détérioration. La garde civile donnera connaissance de cette mesure à l'autorité respective pour éviter la perte ou la détérioration, surtout si ce sont des fruits faciles et prompts à s'altérer.

ART. 76. — Lorsque la garde civile rencontrera des troupeaux ou objets quelconques, égarés, elle les remettra ou les déposera de la manière et avec les précautions prescrites dans l'article précédent. A cet effet, si c'est nécessaire, elle se servira de la coopération des gardes particuliers ou des colons voisins.

ART. 77. — Les personnes qui auront été arrêtées pour quelque cause que ce soit seront remises, avec les informations, les enquêtes sommaires ou les rapports détaillés, à l'alcade du district municipal le plus proche, qui aura soin de faire le nécessaire.

ART. 78. — Dans son service dans les campagnes, la garde civile, dans l'établissement des rapports constatant des fautes ou des délits, exprimera avec la plus grande exactitude les circonstances suivantes :

1º Le jour, l'heure, le lieu et la façon dont le fait s'est accompli ;

2º Les noms, prénoms et domicile des auteurs présumés ou des complices, s'ils sont connus ;

3º Les noms, prénoms et domicile des témoins présents, s'il y en a, et ceux de la personne contre la sécurité ou la propriété de laquelle on a attenté ;

4º Les objets saisis sur celui qui a commis la faute ou le délit ;

5º Tous les indices, vestiges et toutes circonstances qui pourront contribuer à éclairer le fait ou constituer une preuve.

ART. 79. — Dans le service auquel se rapporte l'article précédent, la garde civile rendra compte :

1º De tout délit ou faute contre la sécurité personnelle ou contre la propriété ;

2º De tout acte qui aura été attentatoire aux droits du propriétaire, lors même qu'aucun dommage n'aura été causé à la propriété rurale ou bien que celle-ci, étant comprise dans les héritages voisins, aura été envahie ou prise ou qu'on en aura disposé sans la permission du propriétaire ;

3° De toute infraction au Code pénal, aux règlements ou publications sur la police rurale, aux lois et ordonnances sur la chasse, sur la pêche, sur les forêts, sur les plants, sur les eaux, sur la police des routes que ces lois et ordonnances soient générales, provinciales ou municipales.

ART. 80. — La garde civile donnera connaissance aux autorités respectives :

1° De tout ce qui pourra contribuer à la vérification des délits dont elle trouvera des vestiges ou indices dans les courses faites pour son service et en général de ce qui a rapport à la police judiciaire ;

2° De toute maladie contagieuse qui apparaît dans les troupeaux, en ayant soin de prévenir, sur-le-champ, les maîtres ou conducteurs des autres troupeaux qui sont dans le voisinage, et de faire, en même temps, le nécessaire pour isoler les moutons ou les troupeaux contaminés ;

3° De l'apparition ou du voisinage des sauterelles, en ayant soin de bien indiquer l'endroit dans lequel elles se posent pour pondre ;

4° De tout incendie d'édifices, maisons ou bois ;

5° De tout événement qui exige l'intervention des autorités.

ART. 81. — La garde civile prêtera aide et protection aux propriétaires qui en auront besoin et, en général, à toute la population rurale, selon que les conditions de son institution le permettent.

ART. 82. — Les propriétaires ruraux peuvent, s'ils le jugent convenable, nommer des gardes particuliers pour la garde spéciale de leurs propriétés, de leurs récoltes ou de leurs fruits. Ces gardes seront considérés comme simples domestiques ou colons et la garde civile leur accordera la protection et le secours qu'en général, par son institution, elle doit donner à toute la population rurale. Les gardes particuliers ne pourront pas faire usage d'insignes distinctifs qui les feraient confondre avec les gardes assermentés ou avec les autres fonctionnaires ayant un caractère public.

ART. 83. — Les propriétaires, colons ou fermiers ruraux peuvent nommer aussi, s'ils le croient nécessaire, des gardes particuliers assermentés.

ART. 84. — Pour remplir les fonctions de garde particulier assermenté, il est nécessaire :

1º Que le garde soit proposé à l'alcade sur le territoire duquel sont situées les propriétés à garder ;

2º Que le proposé jouisse d'une bonne moralité, qu'il n'ait jamais été poursuivi en justice ou qu'il en soit résulté une sentence définitive avec le prononcé d'un jugement favorable ;

3º Qu'il n'ait pas été chassé de la garde municipale ni privé des fonctions de garde particulier assermenté pour quelques-uns des faits suivants : n'avoir pas fait les déclarations nécessaires ; — avoir fait une fausse déclaration ; — n'avoir pas fait les rapports exigés ; — avoir reçu une gratification ou un présent quelconque ; — avoir exigé des fonds ou avoir commis quelque autre exaction ; — avoir manqué de respect envers les autorités ou avoir injustement désobéi à leurs ordres ; — n'avoir pas accordé la protection qu'il devait aux personnes ou aux propriétés attaquées ; — et enfin pour tout autre fait ou manquement qui donnera une note défavorable sur sa moralité ;

4° Qu'avant de faire la nomination, l'alcade reçoive les informations du curé paroissial dans la paroisse duquel le candidat est domicilié et du chef du commandement de la garde civile à la province duquel appartiennent les propriétés à garder, et que ces informations soient jointes absolument au dossier de nomination.

5° Que le garde nommé prête serment de bien et fidèlement remplir sa charge entre les mains de l'alcade et en présence du secrétaire de la municipalité ;

6° Que l'alcade lui délivre un titre sur lequel il constate, non seulement la prestation de serment, mais aussi les nom, prénoms, lieu de naissance, domicile, âge, taille et autre signalement personnel de l'individu. Il donnera copie de ce titre au commandant de la garde civile. Il n'exigera aucune rétribution ni des propriétaires ni des gardes assermentés pour délivrer ces titres ni pour les instructions qu'ils nécessitent.

Art. 85. — Lorsque les proposés manqueront de quelques-unes des conditions exigées dans l'article précédent, l'alcade se refusera de faire la nomination.

Art. 86. — Lorsque le propriétaire considère comme non justifié le refus de l'alcade de faire la nomination, il peut recourir au gouverneur de la province.

Art. 87. — **Le signe distinctif des gardes**

assermentés sera : une banderole de cuir avec plaque en laiton portant l'inscription « garde assermenté » et portant le nom du propriétaire. Ce signe distinctif, de même que les armes et les munitions, sera gardé par le garde ou le propriétaire, d'après leurs convenances particulières.

Art. 88. — La garde civile tiendra un registre des gardes particuliers assermentés nommés par l'alcade et y mentionnera les délits, fautes ou infractions qu'ils commettront afin qu'elle puisse les reproduire dans les informations ultérieures qui pourraient survenir

Art. 89. — Si les gardes assermentés commettent quelque faute ou quelque délit, ils seront dénoncés à l'autorité ou au tribunal compétent par la garde civile.

Art. 90. — Les simples infractions commises par les gardes assermentés dans l'exécution de leurs devoirs seront dénoncées, par la garde civile, à l'alcade qui a fait la nomination et au propriétaire qui a fait la proposition.

Art. 91. — Les gardes porteront toujours sur eux le signe distinctif, les armes à leur usage et leur titre de nomination.

Art. 92. — Les gardes assermentés feront leurs dénonciations à l'autorité la plus rapprochée, suivant la nature des infractions, et, en même temps, ils en donneront avis exactement au chef de la garde civile.

Art. 93. — Les alcades remettront aux gouverneurs des états mensuels de toutes les dénonciations faites ou infractions constatées par la garde civile ou les gardes assermentés.

Art. 94. — Les gardes assermentés dénonceront, toutes les fois qu'il leur sera possible et dans la forme prescrite par l'article 73, tous les faits auxquels se rapporte l'article 79. Ils donneront connaissance aux alcades respectifs et aux chefs de la garde civile, ou au couple de gardes le plus rapproché, de tout ce qui est prévu par l'article 80.

ART. 95. — Les troupeaux de chevaux ou autres, les effets de toute nature que les gardes assermentés rencontreront perdus ou abandonnés, seront remis par eux aux alcades ou déposés dans les maisons des propriétaires qu'ils servent et ils en donneront connaissance immédiatement à l'alcade, s'il n'est pas éloigné, et au couple de la garde civile le plus rapproché.

ART. 96. — Quand les gardes assermentés saisiront quelque délinquant présumé, ils le remettront, sans retard, à la garde civile du lieu le plus rapproché.

ART. 97. — Si le garde assermenté trouve des fruits ou autres objets soustraits, il les remettra dans les maisons rurales de ses maîtres où ils resteront déposés pour les reconnaissances ou les estimations qu'on décidera; mais, avant de les enlever du lieu dans lequel il les aura trouvés, il aura soin qu'ils soient reconnus par le couple de la garde civile le plus voisin et décrits sur le registre de celui-ci.

ART. 98. — Quand les gardes assermentés saisiront l'auteur d'une infraction dont la faute est évidemment plus petite que le préjudice que lui causerait une détention, ils pourront le laisser en liberté, en ayant soin de prendre note exacte, par l'entremise du couple de la garde civile le plus rapproché, de ses nom, prénoms, lieu de naissance, domicile, état, signalement particulier, du point sur lequel il se dirige, afin qu'on puisse toujours exiger de celui qui a commis l'infraction la responsabilité de sa faute.

ART. 99. — La garde civile pourra agir de même pour tout autre, dans des cas analogues.

ART. 100. — Les gardes assermentés, en faisant leurs dénonciations, exprimeront avec exactitude tout ce qui est prévu dans l'article 78.

ART. 101. — La ratification sous serment faite par les gardes assermentés dans leurs dénonciations fera foi, sauf la preuve contraire, lorsque, conformément au Code pénal, le fait dénoncé ne mérite pas une peine plus grande que celle de la faute.

ART. 102. — Comme la garde civile, les gardes assermentés protégeront ceux qui se verront attaqués dans leur personne ou dans leurs propriétés, ou qui se verront exposés à l'être. Ils sont tenus aussi de prêter à la garde civile la coopération qui leur sera demandée, suivant les dispositions de l'article 72 et autres prescriptions du règlement.

ART. 103. — Les gardes qui commettront les faits signalés dans la règle n° 3 de l'article 84 seront dénoncés par la garde civile à l'alcade ou au propriétaire, afin qu'ils cessent leurs fonctions. Le maître pourra proposer le remplacement du garde si cela lui convient.

ART. 104. — L'alcade, en vertu du rapport qu'il reçoit de la garde civile, reprendra et annulera la nomination du garde expulsé, la joindra au dossier et fera noter cette disposition sur le registre de la garde civile.

ART. 105. — La peine édictée dans l'article précédent n'empêchera pas l'application des autres peines qui pourront être encourues conformément au Code pénal et aux autres dispositions en vigueur.

ART. 106. — Lorsque le garde civil ou les gardes assermentés surprendront un berger, un maître-berger ou un conducteur d'un troupeau quelconque commettant une infraction, ils auront soin de bien veiller à ce que le troupeau ne soit pas abandonné :

Ou bien ils ajourneront l'arrestation de la personne si ceci n'offre aucun danger ; ou bien ils conduiront les bêtes jusqu'au bercail le plus rapproché et dans lequel on pourra les garder ;

Ou bien ils préviendront les maîtres pour qu'ils fassent le nécessaire si leur voisinage rend cette mesure possible ;

Ou bien ils ordonneront d'y veiller à un autre des bergers chargés de la conduite du troupeau, s'ils sont plusieurs et qu'il n'y ait qu'un seul délinquant ; ou bien enfin, par tout autre moyen légitime et efficace que leur zèle leur suggérera et que les circonstances conseilleront suivant le cas.

ART. 107. — Lorsque les personnes arrêtées seront des piétons, des contre-maîtres de forêts ou des garçons de labour ayant avec eux des paires de bœufs, des troupeaux déliés ou des instruments de labour, on prendra des précautions analogues à celles prescrites dans l'article précédent.

ART. 108. — En cas d'incendie, d'inondations et d'autres événements où il faut un remède précis et instantané, la garde civile et les gardes assermentés, en outre du secours réciproque qu'ils doivent se porter, pourront réclamer et devront obtenir la coopération de tous les voisins ou passants capables de leur aider.

ART. 109. — La garde civile pourra exiger des gardes particuliers, employés des forêts, habitants et voyageurs les renseignements dont elle aura besoin sur les petits chemins et sentiers, et tous autres renseignements qu'elle considère comme nécessaires pour la garde des campagnes et des forêts et pour la poursuite des délits.

ART. 110. — La garde civile ne reconnaîtra comme autorisés par le maître d'une ferme quel qu'il soit, les glaneurs de fruits après les récoltes, que lorsque ceux-ci auront sur eux une permission écrite signée par le maître ou son représentant légitime et scellée aussi par le chef du poste de la garde civile.

Pour être respectés par la garde civile, la même permission avec les mêmes conditions est nécessaire à ceux qui transportent des fruits, des bois de feu ou de charpente, et autres produits de leurs fermes et aux tailleurs de vignes, moissonneurs, et en général à tous ceux qui tirent des profits à moins qu'ils ne soient connus de la garde civile comme domestiques ou représentants des propriétaires.

ART. 111. — A partir du jour où, dans chaque province, la garde civile exécutera complètement le service rural forestier, tous les employés des forêts de l'État se livreront, exclusivement, aux opérations de culture et de police forestière. A partir du même jour, ceux qui n'auront pas d'autres devoirs que la seule garde des forêts cesseront leurs fonctions.

Formulaire dont il est parlé dans l'article 18 du règlement sur le service de la garde civile.

L'aide de la force publique étant nécessaire pour un besoin intéressant la bonne administration de la justice, je vous prie de vouloir bien donner l'ordre nécessaire pour que « tant de gardes » me soient prêtés pour l'exécution de ce service.

Dieu vous garde de nombreuses années.

(Date).

(Signature).

A M. le Chef de (tel) bataillon de la garde civile, ou commandant de la garde civile de (telle) province, ligne ou de tel poste.

INSTRUCTION QUE DOIVENT POSSÉDER LES HOMMES DE TROUPE DE LA GARDE CIVILE.

Gardes de 2ᵉ classe.

Savoir lire l'imprimé et le manuscrit, écrire, et connaître les quatre règles de l'arithmétique. Connaître les devoirs du soldat et avoir seulement une idée des peines qui sont attachées aux fautes et délits les plus communs. Connaître les appellations, le salut, les honneurs et les emblêmes, les dix premiers chapitres de l'abécédaire, les règlements militaires et ceux du service en ce qui concerne uniquement sa classe, les rapports verbaux et par écrit ainsi que l'établissement des premières informations.

Le garde à cheval devra, connaître aussi : le signalement de son cheval, les tares, l'espèce de ferrure qui lui convient, les maladies les plus communes et la nomenclature des formes extérieures, ainsi que celle des effets de harnachement.

Dans les deux armes, les gardes connaîtront pratiquement l'instruction sur le recrutement.

Gardes de 1re classe.

Ils devront savoir ce qui est prévu pour ceux de 2e classe, mais avec plus de perfection. Ils connaîtront le chapitre XI de l'abécédaire, les devoirs du brigadier, et d'une façon exacte tous les documents propres au commandant de poste.

Caporaux de 2e classe.

Ils augmenteront leur instruction par la connaissance du service de garnison afin d'exécuter, avec habileté, le commandement d'une garde, patrouille ou autre service de leur grade. Ils connaîtront théoriquement, afin de pouvoir l'enseigner, la loi du recrutement.

Caporaux de 1re classe.

En outre de ce qui est prescrit, ils connaîtront les devoirs du sergent.

Les caporaux à pied connaîtront l'école de compagnie; ceux à cheval connaîtront l'école de section.

Sergents en 2e.

En arithmétique, ils apprendront les quatre règles des nombres décimaux, soit seuls ou joints à des nombres entiers. Ils connaîtront le maniement des armes avec les règles de tir, l'école des guides et sauront établir une enquête sommaire.

Sergents en 1er.

Ils auront quelques connaissances de la grammaire castillane et sauront tout au moins les règles les plus communes et nécessaires de l'orthographe.

Ils sauront établir une procédure et connaîtront le détail et la comptabilité d'une compagnie.

Observations générales.

1° Tout candidat à l'avancement, que ce soit à l'ancienneté ou au choix dans les classes pour lesquelles ce tour existe, subira un examen approfondi sur tout ce qui concerne son emploi et celui immédiatement supérieur.

2° Pour arriver au grade de sous-lieutenant, les sergents en 1er devront connaître ce qui est déterminé par les articles 14 et 15 du règlement du 29 avril 1867 sur l'avancement.

3° On ne molestera pas ceux qui n'aspirent à aucun grade, en exigeant d'eux qu'ils sachent de mémoire et très exactement les articles. On se bornera à ce qu'ils donnent une explication claire de tout ce qui concerne la pratique de leurs devoirs.

4° Tout individu ayant un commandement et, par conséquent, obligé d'enseigner à ses subordonnés, devra connaître tout ce qui est exigé, soit à la lettre, soit en idée, afin de pouvoir faire une citation et de présenter, dans les conférences, les cas pratiques.

De cette manière, il mettra les connaissances nécessaires à la portée de chaque intelligence.

5° Les chefs et les officiers appelés à juger et à examiner leurs inférieurs devront être fixés sur leur classe, leur âge et le degré de capacité de chacun, afin d'opérer en connaissance de cause.

Un homme rude et incapable qui compromet la bonne renommée du corps ne doit pas être conservé. Celui qui sera d'une modeste médiocrité ne devra pas être proposé pour le choix. Celui qui arrive à un grade que son aptitude ne lui permet pas de remplir devra être rétrogradé. Enfin, l'honorable vétéran qui n'aspire pas à l'avancement et qui, par son âge, son intelligence limitée ou son manque de mémoire n'apprend pas les articles, ne devra pas être mortifié. Il suffit qu'il comprenne la pratique de son métier.

Ministère de la Guerre. — N° 7.

Excellence,

La Reine (que Dieu garde!) informée de ce qui a été exposé par la section de Guerre et Marine du Conseil d'Etat dans son décret du 28 juin dernier, a daigné approuver le règlement nouvellement établi par Votre Excellence le 29 mai dernier pour le régime de la compagnie des jeunes gardes du corps dont vous avez le commandement, et qui comprend les diverses modifications introduites dans celui qui la régissait antérieurement.

J'adresse l'ordre royal à Votre Excellence pour exécution ainsi que le Règlement.

Dieu vous garde de nombreuses années.

Signé : MARCHESSI.

Madrid 6 juillet 1864.

A M. le Directeur général du corps de la garde civile.

Règlement de la Compagnie des jeunes Gardes

Approuvé par Sa Majesté dans l'ordre royal du 6 juillet 1864.

CHAPITRE PREMIER.

ORGANISATION.

ARTICLE PREMIER. — Conformément à l'ordre royal du 1er avril 1853, qui institue une compagnie de jeunes gardes, celle-ci relèvera du général directeur de la garde civile et des vétérans. Il sera chargé d'apporter les réformes qu'il croira les plus convenables au meilleur profit de l'éducation des enfants du corps pour lesquels cet asile avantageux a été créé et aussi pour le bien du service.

ART. 2. — Le personnel des chefs, officiers, sergents, caporaux et gardes constituera une compagnie réglementaire d'infanterie, composée pour base générale du cadre suivant :

Un capitaine, sous-directeur, commandant ;

Deux officiers subalternes, dont un au moins du grade de lieutenant ;

Un sergent en 1er ;

Deux sergents en 2e ;

Six caporaux ;

Huit gardes de 1re et 2e classe ;

Un clairon-major ;

Cent trente jeunes gardes.

On pourra augmenter ou diminuer ce nombre selon la situation des fonds et les nécessités du service.

ART. 3. — Le but principal de cette institution étant l'éducation des orphelins et des enfants des hommes de troupe qui servent avec honneur dans la garde civile, on veillera à ce que, parmi les individus du cadre, il y ait des musiciens, des tailleurs d'habits, des cordonniers, des menuisiers capables d'enseigner, et, lorsqu'on pourra former des ateliers de serrurerie ou autres, on cherchera des maîtres propres à ces corps de métier.

L'instruction primaire, base principale de l'éducation, sera donnée par un aumônier auquel seront adjoints deux caporaux qui devront réunir les conditions nécessaires.

ART. 4. — L'aumônier professeur, le médecin, le cuisinier et l'aide-cuisinier seront les seuls emplois non militaires de cet établissement. Le manque absolu de professeurs pris dans le corps même ne pourra jamais nécessiter l'admission d'autres personnes pour remplacer celles qui manqueraient pour l'enseignement.

ART. 5. — Les officiers et sergents rempliront eux-mêmes leurs obligations pour les classes. Le sous-directeur est chargé de les leur désigner après que sa proposition aura été approuvée par le général directeur et qu'il aura cherché parmi les militaires ceux qui sont les plus aptes, sans préjudice de veiller à la bonne direction et d'en être responsable envers le général directeur.

ART. 6. — Les caporaux et les gardes seront adjoints aux classes; ils rempliront ces fonctions ainsi que tous les devoirs du service militaire qui leur sont imposés, suivant leur grade, par les ordonnances royales et les règlements en vigueur.

CHAPITRE II.

FONCTIONS PERSONNELLES.

Du général directeur.

ART. 7. — Le général directeur de la garde civile est aussi directeur de la compagnie ainsi qu'il est dit dans l'article 1er. Il appartient à lui seul de désigner les officiers et les hommes de troupe des bataillons qu'il juge les plus aptes à remplir le service important auquel ils sont appelés. Provisoirement, l'augmentation du personnel ne permet pas de placer à la tête de cette compagnie un capitaine du corps même; il proposera à Sa Majesté, pour ce commandement, celui qui entre toutes les armes sera jugé le plus digne d'être proposé.

Il choisira l'aumônier et le médecin, ainsi que les maîtres d'ateliers qui lui seront proposés par le sous-directeur.

ART. 8. — L'expédition des affaires relatives à la compagnie et l'administration des fonds généraux relèveront de la direction générale de la garde civile et des vétérans, afin de pouvoir posséder en tout temps les actes de cet établissement et l'état particulier de chaque individu.

Du sous-directeur.

ART. 9. — Le commandant de la compagnie aura les attributions données par l'article 10, traité 2, des ordonnances royales.

Il vivra, si c'est possible, dans l'intérieur du même édifice que les jeunes gardes, et ceux-ci,

Garde civile.   5

comme tout individu appartenant à l'établissement, seront sous ses ordres.

Le sous-directeur est seul responsable envers le général directeur de tout ce qui se passera dans l'établissement.

ART. 10. — Il exécutera et fera exécuter par chacun les devoirs qui lui incombent, en se conformant, pour ses ordres, aux prescriptions du règlement.

Si, parfois. dans des circonstances extraordinaires, il avait à s'en départir, il les exposera au directeur, en les détaillant, pour que celui-ci prenne la décision la plus convenable. Il lui rendra compte toutes les semaines, s'il n'y a rien de particulier qui nécessite l'anticipation de ces rapports.

ART. 11. — Il veillera sur la conduite de tous ses subordonnés et dirigera la marche de l'établissement dans toutes ses branches. Il exprimera par écrit le résultat de ses observations et consultera le directeur général quand il pensera pouvoir améliorer les conditions de développement physique et l'éducation morale, civile et militaire des jeunes gardes dont il est chargé.

ART. 12. — Comme son premier soin doit être de poursuivre ce but par tous les moyens que son talent pourra lui suggérer, il ne se reposera pas sur ses inférieurs du soin de bien exécuter leurs devoirs. Il les obligera à se conformer, dans tous leurs actes, au régime établi, à la bonne tenue, à l'ordre qu'on doit observer à tout âge et plus spécialement dans les premières années de la vie pendant lesquelles se contractent les habitudes qui règlent la conduite de toute l'existence.

ART. 13. — S'il remarque dans la compagnie

quelque jeune garde qui, par son incorrigibilité, est préjudiciable aux autres, il le mettra à part ; et si, par ce moyen et le châtiment appliqué, il ne s'amende pas, il le proposera pour l'expulsion.

ART. 14. — L'administration de la compagnie, tant pour le détail que pour la comptabilité, est à la charge du sous-directeur, qui administrera et distribuera lui-même les fonds. Il rendra, tous les mois, un compte détaillé, conformément à ce qui est prescrit dans les articles traitant de la comptabilité.

ART. 15. — Il passera, tous les mois, une revue de toutes les dépendances de l'établissement en dehors des revues extraordinaires qu'il jugera utiles. En ce qui concerne l'habillement et les armes, qu'il inspectera chaque dimanche, il relèvera les fautes commises, il obligera de réparer les effets pour les entretenir, ainsi que l'exige une administration bonne et équitable. Il prendra soin que les jeunes gardes s'habituent à placer des boutons, à coudre avec soin les déchirures faciles à réparer afin qu'un jour ils le fassent avec la perfection et le soin avec lesquels un soldat zélé doit les exécuter.

ART. 16. — En cas d'absence ou de maladie du commandant de la compagnie, l'officier subalterne le plus élevé en grade assumera ses obligations et sa responsabilité.

Des officiers subalternes de la compagnie.

ART. 17. — Leurs devoirs pour la partie militaire sont écrits dans les titres 6 et 8, traité 2, des ordonnances royales. En outre, comme professeurs, ils observeront les points suivants :

ART. 18. — Ils feront les classes militaires que

le commandant de la compagnie leur désignera et assisteront dans la semaine aux diverses réunions des jeunes gardes pour veiller à la discipline qui doit régner parmi eux.

ART. 19. — Ils veilleront à l'exécution des ordres du commandant de la compagnie, auquel ils rendront compte des fautes qu'ils relèveront dans le service et la façon dont chacune d'elles a été commise. Ils apporteront toute leur attention sur la préparation et l'abondance des aliments et à l'assistance exacte dans les classes. Ils prendront eux-mêmes les mesures nécessaires en se conformant au règlement.

ART. 20. — Ils veilleront à ce que la solde des gardes leur soit remise par le sergent en 1er lorsque le sous-directeur en a donné l'ordre. De nuit, ils visiteront fréquemment les dortoirs pour s'assurer de la tranquillité et de l'ordre qu'on doit y observer.

ART. 21. — Ils seront responsables envers leur chef du bon état de la section qui leur est confiée; pour cela, ils passeront des revues en temps opportun pour découvrir les fautes et y remédier.

ART. 22. — L'officier subalterne le plus ancien contrôlera les comptes présentés par le sergent en 1er; et, après avoir reconnu l'exactitude et la justification de la destination des fonds, il présentera les comptes au commandant de la compagnie pour employer les fonds après son approbation.

ART. 23. — Il sera inspecteur permanent des vivres, il fera les approvisionnements en temps opportun et sera responsable envers le sous-directeur de leur conservation; il sera également responsable de l'armement et de l'équipement en magasin.

Les réceptions et les distributions se feront en sa présence, et il rendra compte immédiatement de leur état et des défauts qu'il aura relevés, s'il ne croit pas que les effets soient propres au service.

Art. 24. — De même que l'officier le plus ancien, le plus jeune examinera les comptes de dépenses des classes ; il s'occupera de reviser et de contrôler les demandes de marchandise faites par les chefs d'ateliers.

Art. 25. — Le dernier jour de chaque mois, il remettra les comptes au commandant de la compagnie ; il lui fera connaître s'il est nécessaire de remplacer des livres, papier, plumes et autres fournitures indispensables à l'enseignement. Il les remettra, sur leur demande, à ceux qui en sont chargés.

Art. 26. — Lorsque, par suite d'absence ou de maladie du commandant de la compagnie, le subalterne le plus élevé en grade le remplacera, le suivant exercera les fonctions de vérificateur des comptes ; tous deux alterneront nonobstant dans le service pratique et de surveillance, quoique la responsabilité du commandement incombe au premier seul.

Du sergent en 1er.

Art. 27. — Ses fonctions seront les mêmes que celles prescrites pour son grade par l'ordonnance ; il remplira, en outre, les suivantes.

Art. 28. — Il veillera sur l'approvisionnement de l'habillement, de l'armement, du mobilier et des autres choses nécessaires à l'établissement, qu'il recevra et distribuera.

Il veillera, sous sa plus étroite responsabilité,

à avoir un livre qui constatera, par dates, les entrées et les sorties et l'existence de chaque objet. Pour les entrées et distributions, il devra obtenir au préalable les ordres du commandant de la compagnie.

Ces ordres lui serviront de prise en charge et de décharge sur les registres que l'officier chargé de ce service contrôlera tous les mois et qui seront visés par le commandant de compagnie.

ART. 29. — Il sera chargé de l'achat des vivres et des autres dépenses journalières de la compagnie, sous la surveillance et l'intervention de l'officier désigné.

ART. 30. — Il établira tous les mois les comptes de dépense et mettra à l'appui les reçus approuvés des valeurs qu'ils représentent ; et, une fois les comptes approuvés, il supprimera avec ceux-ci ceux qui ont été déposés dans la caisse de l'établissement.

ART. 31. — Il veillera dans toute sa compagnie à ce que ses inférieurs remplissent leurs devoirs ; il assistera aux réunions de la compagnie et rendra compte à l'officier de semaine des fautes qu'il a constatées.

ART. 32. — Il distribuera lui-même la solde et les accessoires aux hommes de troupe qui en jouissent.

ART. 33. — L'instruction pratique des jeunes gardes de recrue se fera sous sa surveillance immédiate, et, si le commandant de la compagnie juge à propos de lui donner une autre classe ou une autre fonction, il les remplira.

Des sergents en 2e.

ART. 34. — Outre les devoirs imposés aux

sergents en 2ᵉ par l'ordonnance, ceux qui sont destinés à la compagnie auront les suivants :

ART. 35. — Ils seront respectivement chargés de chaque section de la compagnie dont ils auront soin dans toutes ses parties. Ils sont responsables envers le sergent en 1ᵉʳ du bon ordre, de la discipline et de l'exactitude des rassemblements pour les exercices, pour les repas, pour les classes ou les ateliers. Ils rendent compte, sur-le-champ, des maladies ou des causes qui motivent l'absence d'un individu, ainsi que des mesures qu'ils ont prises envers les mal ordonnés et les oublieux. Ils tiendront compte, à cet effet, de l'âge des jeunes gardes et des prescriptions du règlement pour le châtiment.

ART. 36. — Ils seront responsables de l'ordre et de la bonne tenue des individus de leurs sections, à la tête desquelles ils marcheront chaque fois qu'ils se réuniront.

ART. 37. — Ils passeront tous les jours, à l'heure fixée, une revue de propreté de la section.

Ils verront si les lits sont faits, si les chambres sont propres, ainsi que les ustensiles, et si tout est rangé en ordre. Il donneront connaissance de toute faute commise au sergent en 1ᵉʳ, qui la portera à la connaissance des officiers de la compagnie.

ART. 38. — Les deux sections étant réunies, le sergent de semaine lira l'ordre général et celui de la compagnie chaque soir, après le repas. Il commandera le service des ateliers et celui des armes pour le lendemain.

ART. 39. — Les sergents en 2ᵒ alterneront avec les caporaux pour la surveillance de nuit et feront observer parmi les jeunes gardes la meilleure tenue et la plus grande police.

ART. 40. — Un des sergents sera chargé de la bonne tenue des fournitures des classes et l'autre de la police et du matériel des ateliers. Ils établiront des inventaires de tout ce qui s'y trouve et rendront compte chaque jour à la sortie des elèves, au sergent en 1er, des fautes que ceux-ci auront commises.

ART. 41. — Ils auront la direction des classes et des ateliers que leurs connaissances reconnues par le commandant de compagnie leur permettront de diriger ; ils seront considérés comme adjoints aux maîtres si ce moyen est plus favorable à l'éducation des jeunes gardes.

Des caporaux.

ART. 42. — Le caporal sera chargé d'une escouade, de laquelle il sera responsable envers le sergent en 2e comme celui-ci l'est envers le sergent en 1er.

ART. 43. — Il se conformera pour les fonctions de son grade à tout ce qui est prescrit par l'ordonnance ; ces fonctions sont en tout semblables, mais en les appliquant toujours à l'âge des jeunes gens et aux cas pour lesquels elles sont applicables.

ART. 44. — L'application, la propreté, la bonne tenue, les bonnes paroles et les bonnes habitudes doivent être l'éducation principale du caporal ainsi que celle de ses chefs immédiats. Ces qualités seront le miroir dans lequel les jeunes gens s'instruiront. La marque de leurs vices ou de leurs vertus se reflétera promptement parmi eux.

ART. 45. — La subordination la plus parfaite
et la ponctualité seront le meilleur exemple qu'ils
pourront donner à leurs inférieurs ; par conséquent, le sergent ne tolérera pas la plus petite
faute aux caporaux, qui agiront de même pour
les jeunes gardes.

ART. 46. — Le caporal couchera dans la même
chambre que son escouade, et il sera responsable de l'ordre et de la police envers le sergent en
2ᵉ de la section.

ART. 47. — Il veillera à ce que tous les jeunes
gardes se lèvent au coup de la diane, qu'ils se la-
vent. qu'ils plient leurs lits selon la méthode établie dans la compagnie. Il sera le premier à mon-
trer l'exemple.

ART. 48. — Il apprendra aux nouveaux admis
à se vêtir promptement, il leur montrera la manière de nettoyer leurs effets et l'armement ; il
prendra grand soin que ceux qui sont désignés
pour le service pratique balayent et approprient
les chambres de l'escouade et la partie des corridors et des lavoirs qui lui est affectée. Il tiendra
tout prêt pour l'heure de la revue qu'il passera
avant le sergent, auquel il rendra compte des
fautes ainsi que des mesures prises.

ART. 49. — Il veillera à ce que le service du
quartier, auquel il assistera tous les jours, soit fait
avec la plus grande exactitude.

La nuit, il surveillera les gardes dans les chambres qui le concernent, et dans toutes les réunions
de l'escouade il surveillera les jeux, les conver-
sations et les actions des gardes ; il réprimera ce
qui ne sera pas digne et empêchera qu'il se pro-
duise entre eux des rixes ou des altercations.

ART. 50. — Il dirigera lui-même ou comme

adjoint la classe ou l'atelier que le commandant de la compagnie lui désignera en raison de ses connaissances ou de son grade.

ART. 51. — Les deux caporaux de chaque section alterneront pour surveiller le service sans armes ; mais, lorsqu'il y aura un rassemblement en armes, les quatre caporaux y assisteront à la tête de leurs escouades.

ART. 52. — Des deux autres caporaux, l'un sera préposé à la salle de l'infirmerie et l'autre à l'entretien de l'armement et de l'équipement. Ils seront responsables envers le sergent en 2e de leur section de leur conservation et de leur propreté.

Des gardes de 1re ou de 2e classe.

ART. 53. — Les gardes, à défaut des caporaux, exerceront leurs fonctions et les remplaceront conformément aux prescriptions des articles précédents.

ART. 54. — Ils seront chargés de la police de tout l'établissement ; ils alterneront entre eux pour ce service ; ils dirigeront celui qui sera fait par les jeunes gardes désignés chaque jour ; dans ce but, ils leur montreront le bon exemple et la façon dont la police doit être faite, avec le plus grand soin et le moins de temps possible.

ART. 55. — Un garde sera affecté à chaque escouade ; il sera employé, en dehors du service, à tout ce qui est nécessaire au service intérieur et extérieur de l'établissement.

ART. 56. — On désignera deux gardes pour aider, dans leur travail, le sergent en 1er et les sergents en 2e chargés des classes ; un autre secondera le caporal d'infirmerie et le dernier suppléera les autres en cas d'absence ou de maladie ; il sera employé par le commandant de la compagnie au service qu'il jugera le meilleur.

ART. 57. — Il y aura toujours un garde à la porte de l'établissement, et tous alterneront pour rendre compte de tout événement qui surviendra.

ART. 58. — Les gardes ne devront pas avoir la moindre familiarité avec les jeunes gardes et s'ils doivent les traiter avec égards et affabilité, ils ne doivent jamais perdre envers eux leur caractère de supériorité afin d'éviter des manquements de respect. Ils ne doivent jamais perdre l'ascendant que, comme plus âgés, ils doivent conserver sur eux.

Du maître-clairon.

ART. 59. — Il aura pour devoir d'instruire les jeunes gens qui se destinent à l'usage de cet instrument ; il aura soin de les instruire sans violences et sans efforts ; il fera connaître au sous-directeur ceux que leur constitution ou leur inaptitude ne rend pas aptes à cet emploi.

ART. 60. — Il alternera avec les autres gardes pour le service intérieur et exécutera en même temps celui qui lui sera confié par le commandant de la compagnie.

De l'aumônier.

ART. 61. — Il sera le curé né de tous les individus composant la compagnie. Il dirigera la classe d'instruction primaire et, deux fois par semaine, il réunira les sections, après le souper, pour leur expliquer la doctrine de notre sainte religion.

Les honoraires pour son service seront accordés par le général directeur ; il sera établi un acte formel de l'engagement contracté entre eux. L'un et l'autre seront tenus de s'informer réciproquement un mois à l'avance lorsqu'il ne conviendra pas à l'un d'eux de continuer le contrat. Dans ce cas, les livres paroissiaux resteront en possession du commandant de la compagnie, qui les remettra à l'aumônier qui succédera.

Du médecin.

ART. 62. — Le commandant de la compagnie s'entendra avec le médecin diplômé de la ville pour soigner les malades et l'acceptation lui fera contracter les obligations suivantes :

ART. 63. — Visiter les malades tous les jours, matin et soir. Accourir sans délai quand il sera appelé pour tout événement. Rendre compte du résultat de la visite, tous les jours, au sous-directeur, et immédiatement pour tout motif extraordinaire. Donner ses soins aux officiers, aux hommes de troupe de la compagnie ainsi qu'à leurs familles.

ART. 64. — Il veillera à ce que les registres de l'infirmerie soient à jour et en règle et à ce que le caporal et le garde infirmiers n'outrepassent pas les prescriptions qui ont été données pour le régime de chaque malade.

ART. 65. — Si le médecin s'absente ou qu'il ne puisse continuer d'exécuter le service qui lui est confié, il en informera le commandant de la compagnie pour qu'il en cherche un autre pour le remplacer.

Des maîtres.

ART. 66. — Les professeurs et les maîtres tiendront leurs classes avec l'autorité que leur donne leur emploi, et s'ils ne sont pas militaires comme les maîtres par exemple, ils donneront connaissance à l'officier de semaine des fautes commises par les jeunes gardes dans les classes ou ateliers pour que les coupables soient punis, de façon que le respect et la considération dus à ceux qui leur donnent le moyen de cultiver leur intelligence restent bien établis et qu'à la sortie de l'établissement ils puissent être utiles à la société en général, à eux-mêmes et à leurs familles en particulier.

ART. 67. — Ils tiendront un registre sur lequel ils annoteront tous les jours les observations qu'ils feront sur chaque élève, ce qui leur permettra d'établir avec justice leur jugement dans tous les examens. Ils rendront compte, tous les mois, des progrès de leurs élèves et signaleront les plus avancés et les retardataires.

ART. 68. — Lorsque les classes manqueront de livres, le professeur fera une demande portant les noms des élèves auxquels ils devront être remis. S'il s'agit seulement de plumes, crayons et papier pour les classes, de matériel ou d'outils pour les ateliers, il établira une demande pour que le sergent en second chargé de ce soin les fournisse, mais toujours avec le visa et le contrôle de l'officier désigné.

Du cuisinier et de l'aide cuisinier.

ART. 69. — Pour l'exécution de son service, le cuisinier sera complètement à la disposition du commandant de la compagnie. Il recevra, tous les jours, du sergent en 1er les denrées qu'il faudra préparer, et il veillera à ce que les mets soient prêts à l'heure. Il sera responsable de leur bonne préparation.

ART. 70. L'aide-cuisinier ou les aides se conformeront aux ordres du cuisinier. Les uns et les autres veilleront à ce que les objets de cuisine, les plats, les vases et autres ustensiles qui leur seront remis sur inventaire soient toujours propres et disposés dans le plus grand ordre.

CHAPITRE III.

RÈGLES POUR L'ADMISSION DES JEUNES GARDES.

ART. 71. — Pour l'admission des jeunes gardes dans la compagnie, on se conformera aux règles suivantes :

1re *règle*. — Auront la préférence, les fils d'officiers subalternes du corps morts dans l'exécution du service.

2e *règle*. — Les enfants de la troupe qui auront perdu leur père dans l'exécution du service. En raison de ce qu'ils ont droit à la faveur d'entrer dans les collèges des cadets des armes de l'infanterie et de la cavalerie, ils pourront opter, d'abord entre ces collègues et la compagnie des jeunes gardes, puis ensuite, si on le leur accorde, ils pourront passer dans lesdits collèges.

3e *règle*. — Les fils de ceux qui auront été renvoyés pour infirmités contractées dans le service de la garde civile ou en résultant.

4e *règle*. — Les orphelins des chefs ou officiers du corps qui n'ont pas droit à l'entrée à Monte-

Pio ou à d'autres pensions ; les fils des hommes de troupe qui, ayant terminé leur temps de service, servent dans le corps comme rengagés et ont une conduite irréprochable, et les orphelins de ceux de cette même catégorie qui meurent au corps, à condition que par leur service, le général directeur les juge dignes de cette faveur.

Art. 72. — Auront la préférence, parmi les fils d'hommes de troupe,. ceux dont les pères comptent le plus grand nombre d'années de service dans le corps, et, parmi ceux des officiers, ceux qui sont les plus âgés parmi les postulants.

Art. 73. — On observera, pour l'admission dans la compagnie, l'ordre par catégories indiqué plus haut, et pour lesquelles on établira des demandes séparées. On donnera à ceux compris dans les 1re et 2e règles deux vacances pour une donnée à ceux compris dans les 3e et 4e.

Art. 74. — Lorsque, pour un motif quelconque, il n'y aura pas de demandes pour les cas indiqués, on donnera la place à un enfant qui se trouvera dans les conditions du cas suivant immédiatement.

Art. 75. — Les enfants appartenant aux règles 1 et 2 pourront être reçus dans la compagnie à 8 ans accomplis. S'ils sont plus jeunes, ils resteront jusqu'à cet âge auprès de leurs familles, auxquelles on accordera trois réaux par jour (0 fr. 80), pour l'entretien et la nourriture. Cette rétribution cessera si, à l'âge de 10 ans, ils ne se présentent pas pour entrer dans l'établissement. Si une raison légitime, prouvée et justifiée, les en empêche, ils cesseront, dans ce cas, de toucher ce secours à leur 14e année.

Art. 76. — Pour être admis, ceux des règles 3

et 4 devront avoir 12 ans accomplis, être sans infirmités physiques, savoir lire et écrire et connaître la doctrine chrétienne.

ART. 77. — Pour entrer dans la compagnie, les uns et les autres devront avoir été vaccinés et certifier qu'ils ne sont atteints d'aucune infirmité chronique ou contagieuse. A 15 ans, ils perdront leurs droits à la faveur de jeunes gardes ; on n'admettra dans la compagnie ceux qui auront atteint cet âge, mais sans avoir dépassé 16 ans, que s'il n'y a pas d'autres aspirants.

ART. 78. — Nul ne pourra avoir plus d'un enfant dans la compagnie, à l'exception des cas très rares approuvés par le général directeur et selon les services distingués du père ou la nombreuse famille laissée à la mort de celui-ci et qu'il y a lieu de soutenir.

ART. 79. — Les demandes d'obtention de place seront adressées au général directeur du corps, par l'intermédiaire des chefs des bataillons auxquels les pères appartenaient. Les états de filiation accompagneront les demandes, qui seront écrites et signées par les intéressés quand ils pourront le faire ; s'ils ne le peuvent, elles seront signées expressément par les chefs. L'acte de baptême du postulant et l'acte de mariage du père, légalisés tous les deux, doivent accompagner la pétition, qui sera établie sur papier spécial par le capitaine de la compagnie.

Les mères ou tuteurs des orphelins et les fils des hommes renvoyés pour infirmités adresseront leurs demandes par l'entremise du colonel du bataillon dans lequel le père a servi. Ces chefs veilleront à ce que les aspirants soient

visités par un médecin, en présence du commandant de la province dans laquelle résident les
pères ou tuteurs, et ce certificat, aux fins indiquées, sera joint à la demande qui sera adressée,
et qui devra exprimer la règle en vertu de
laquelle ils ont droit à la faveur demandée.

ART. 80. — Quand la place sera accordée, et
que communication aura été faite à celui qui est
agréé, s'il appartient aux règles 1 et 2 et qu'il
n'ait pas 8 ans, il recevra la rétribution signa-
lée dans l'article 75 à partir du mois qui suivra
la concession. Cette somme lui sera remise par
l'officier le plus rapproché du lieu où il réside ;
celui-ci devra veiller à ce qu'on lui donne l'instruction primaire qu'il peut recevoir suivant son
âge et à ce qu'on justifie tous les mois de son
existence. Cette somme sera fournie au bataillon
par le trésorier de la direction.

ART. 81. — Les chefs de bataillons notifieront
à ceux qui sont agréés la décision du général
directeur, et, lorsqu'ils seront appelés à entrer
dans la compagnie, ils feront en sorte qu'ils se
mettent aussitôt en route pour être incorporés.
Pour qu'ils ne voyagent pas à pied, on remettra
à la personne chargée de les accompagner une
somme de 90 réaux si la distance ne dépasse pas
330 kilomètres, et une somme de 180 réaux si
elle excède ce chiffre.

ART. 82. — Dès leur présentation à l'établissement, ils seront immatriculés, mais sans être
assujettis aux obligations imposées par l'ordonnance, jusqu'à ce qu'ils aient atteint 17 ans.
Après un deuxième examen, on immatriculera
de nouveau, conformément à l'ordonnance, ceux
qui demanderont à suivre la carrière militaire

et à obtenir l'entrée dans le corps. Sinon, ils seront renvoyés de la compagnie à 17 ans, sans droits à une réadmission ultérieure.

Art. 83. — A la seconde immatriculation, ils prendront l'engagement de servir pendant huit ans, dans une des armes du corps, à celle à laquelle les désigneront leur taille, leur vigueur et leur aptitude. La taille exigée pour qu'ils puissent entrer dans les rangs de la garde civile est fixée, pour eux seulement, à 1^m,62. Ceux qui n'auront pas cette taille pourront être admis comme tambours, clairons ou trompettes.

Devoirs des jeunes gardes.

Art. 84. — L'obéissance aveugle et un respect profond pour les supérieurs sont les premiers devoirs du jeune garde ; la subordination et l'exactitude en toutes choses sont le point de départ d'une carrière dont la devise se réduit aux trois mots : *Abnégation, courage, honneur.*

Art. 85. — Le jeune garde respectera et exécutera tous les ordres relatifs au service, à son éducation et à l'enseignement qu'il reçoit de ses supérieurs ; on entend par ceux-ci depuis le garde de 2e classe jusqu'au sous-directeur.

Il sera attentionné et poli envers tous ; il saluera les officiers et les chefs, en observant ce qui est prescrit à l'article 8, titre 1er, du traité 2 de l'ordonnance, et, conformément au même article, il aura les mêmes égards envers les sergents du corps, les caporaux de la compagnie, les gardes de 1re et 2e classe et les jeunes gardes auxquels une marque de distinction a été donnée, et qui ont été reconnus par l'ordre général de l'établissement.

ART. 86. — Dans ses relations avec ses camarades, il ne se servira jamais de sobriquets, d'expressions indécentes ni de manières contraires à la bonne éducation qu'il doit observer pour faire partie d'un corps qui, par son décorum, s'est rendu digne de la considération publique.

ART. 87. — Il devra toujours se rappeler que l'inépuisable charité de Sa Majesté, en considération des bons services de leurs pères, leur donne à tous la nourriture et l'instruction pour qu'un jour ils les imitent dans leurs vertus et leur constance militaire. Il devra se souvenir que l'application à l'étude, et le désir de se distinguer dans l'art ou dans le service auquel on le destine, est l'unique moyen d'être reconnaissant des faveurs qu'on lui accorde, et enfin qu'on lui apprend une profession honorable qu'il exercera comme civil et que, comme militaire, on lui montre la route glorieuse par laquelle on arrive aux grades ou aux emplois les plus élevés de l'armée.

ART. 88. — Ceux qui oublieront les salutaires maximes des articles précédents, qui montreront de l'inapplication, un mauvais caractère, qui ne se conformeront pas à l'obéissance aveugle qui leur est recommandée ou qui se conduiront mal, seront réprimandés et punis. Si, ensuite, ils ne s'amendent pas, ils seront chassés de l'établissement dans lequel ne peut rester nulle personne qui par son inapplication ou sa conduite incorrigible, serait d'un mauvais exemple pour ses camarades.

ART. 89. — Les jeunes gardes auront soin, eux-mêmes, de la conservation, de la propreté de l'armement, de l'habillement et de l'équipement qui seront marqués. On désignera chaque jour entre les jeunes gardes de chaque escouade le nombre nécessaire pour la propreté des salles, des corridors, des classes, du service de table, etc.

ART. 90. — Aucun jeu de cartes et de hasard ne sera toléré, non plus que les jeux d'argent ou autres.

CHAPITRE IV.

RÉCOMPENSES.

ART. 91. — Pour stimuler l'application du jeune garde et l'habituer au commandement, on nommera huit gradés de 2e classe et quatre de 1re classe. Ces distinctions doivent être accordées à ceux qui réunissent les dispositions nécessaires, qui ont une conduite irréprochable et de bonnes notes d'examens. Les gradés de 1re classe devront avoir 16 ans et être immatriculés pour suivre la carrière des armes. Les gradés de 2e classe seront choisis parmi ceux qui, ayant 14 ans accomplis, réunissent les conditions exigées.

ART. 92. — Ceux qui, pendant les deux années consécutives d'études militaires, ont obtenu des notes les faisant distinguer dans leurs études et leur application, auront droit d'être nommés gardes de 1re classe dans l'année où ils feront leur service de gardes de 2e classe. Ils progresseront, successivement, d'année en année, au tour du choix, jusqu'au grade de sergent en 2e inclusivement. Ce grade obtenu, ils prendront rang parmi ceux de leur grade et arriveront ensuite selon leurs antécédents et selon les circonstances. Il est bien entendu que pour cela les notes de distinction obtenues en sortant de la compagnie des jeunes gardes ne suffisent pas et qu'il faut qu'ils conservent continuellement ces notes dans l'exercice de chaque emploi. Sans cette condition indispensable, ils obtiendront l'avancement au tour réglementaire établi pour chaque grade.

Art. 93. — Un gradé de 1re classe et deux de 2e seront affectés à chaque escouade où, à défaut des gradés du cadre d'organisation de la compagnie, ils seront responsables de leurs fractions respectives. Ils pourront consigner, dans leur escouade, le jeune garde qui aura commis une faute, mais ils seront tenus d'en rendre compte immédiatement à leur caporal respectif pour que celui-ci donne connaissance, à l'officier, de la faute et de la répression.

Art. 94. — Pour le commandement, ils observeront entre eux l'ordre d'ancienneté dans chaque grade. Les gradés de 2e classe seront subordonnés, en tout, à ceux de 1re qui auront le droit de les consigner comme tous deux ont le droit de le faire envers les jeunes gardes.

Art. 95. — Le signe distinctif des gradés de 2e classe consistera en deux petites sardines de fil d'estame blanc, placées sur les parements des manches. Les gradés de 1re en auront trois de même forme.

Les gradés de 1re classe toucheront une gratification de 0 fr. 60 par jour, ceux de 2e classe toucheront 0 fr. 45. La nomination des uns et des autres sera signée par le commandant de la compagnie et approuvée par le général directeur.

Art. 96. — Le jeune garde qui se distinguera

le plus dans chaque atelier aura aussi droit à une distinction de 3e classe, et si, à 16 ans, il désire continuer à se perfectionner dans son métier, il recevra une gratification journalière de 0 fr. 30. Le signe distinctif sur son uniforme consistera en une petite sardine placée de la même façon que pour les gradés de 1re et 2e classe. Il n'aura aucune autorité dans la compagnie, mais il l'exercera sur ses camarades d'atelier pendant les heures de travail, selon les instructions qu'il recevra, dans ce sens, du maître auquel il rendra compte des absences qui auront eu lieu soit pour maladie, soit pour tout autre motif.

ART. 97. — La nomination de gradé de 3e classe sera faite par le commandant de la compagnie sur la proposition des maîtres d'ateliers. Cette distinction, étant spéciale à ces métiers, n'aura d'autre valeur, en dehors des ateliers, que de leur servir de titre de mérite pour obtenir l'avancement aux grades de 1re et 2e classe, concurremment avec leurs camarades réunissant des conditions plus distinguées.

ART. 98. — Dès que l'ordre de la compagnie aura fait connaître la distinction dont il est l'objet, le jeune garde ne pourra être employé à aucun service de corvée, mais il fera le service armé. Ceux de 1re et 2e classe rempliront les fonctions de sergents et de caporaux dans les gardes et dans les réunions pour les exercices.

ART. 99. — Le jeune garde qui obtiendra une de ces récompenses devra s'habituer au commandement et devra se signaler constamment, entre ses camarades, par son application, sa bonne tenue et son exactitude. Celui qui manquera de caractère pour exercer son grade avec tout le prestige nécessaire, non seulement n'aura pas d'avancement, mais encore il sera privé de l'emploi qu'il exerce s'il ne se corrige promptement.

ART. 100. — Pour les mieux stimuler, les jeunes gardes de 16 ans accomplis qui joignent à leurs notes distinguées une conduite exemplaire, pourront demander la permission d'aller promener seuls pendant une après-midi par mois. Le sous-directeur leur accordera cette faveur à la condition d'aller toujours ensemble et de se présenter à lui tant à la sortie qu'à la rentrée qui aura lieu avant l'heure du souper, afin qu'il s'assure de leur bonne tenue et de leur exactitude.

CHAPITRE V.

DISCIPLINE.

ART. 101. — Il ne doit pas y avoir lieu de faire ici, ni pour les officiers ni pour les classes de troupe du cadre de la compagnie, aucune des observations qui ont tant d'importance dans l'organisation de l'armée.

Les uns et les autres, bien pénétrés de leurs devoirs et de leurs obligations, savent que la moindre contravention à ces observations sera punie conformément aux prescriptions du traité 8 des ordonnances royales, ou bien par les peines prévues par le règlement du corps, suivant les circonstances ou la gravité des faits.

ART. 102. — Les maîtres ou autres employés civils qui jouissent d'une solde donnée par l'établissement seront jugés, contrairement au Code militaire, toutes les fois que les fautes seront commises par des personnes de la compagnie ou en conséquence d'infractions dans leurs emplois respectifs.

Art. 103. — Les jeunes gardes qui, immatriculés à 16 ans, ont contracté un engagement formel de servir seront aussi jugés militairement pour les délits qu'ils commettront; mais pour les fautes d'application, d'exactitude ou autres qui se rapportent immédiatement à l'enseignement qu'ils reçoivent, on leur appliquera les peines qui sont déterminées dans la compagnie et suivant l'échelle des punitions pour les élèves.

Art. 104. — Les jeunes gardes doivent toujours se rappeler qu'ils voient cet uniforme d'un corps si honoré et qui s'est distingué par ses vertus; et qu'en manquant aux règles d'une bonne discipline, ils seraient privés de la faveur si considérable que beaucoup d'enfants du même corps obtiennent difficilement. Puis aussi, en ne rendant nécessaire l'application des corrections établies qu'à ceux qui oublient ces principes, ils s'assurent le moyen le meilleur pour gagner la bonne appréciation des officiers de la compagnie et celle du général directeur.

Art. 105. — La graduation des punitions sera la suivante :

Réprimande particulière. — Réprimande publique. — Consigne à l'escouade. — Planton aux classes pendant les heures de récréation. — Premier tour de garde. — Service de corvée. — Consigne dans les chambres de correction de un à quinze jours. — Suspension. — Destitution. — Expulsion.

Les trois dernières punitions ne pourront être

infligées que par le général directeur du corps ; la consigne dans les chambres de correction, par le capitaine commandant la compagnie ; le service de corvée, par les officiers, et les autres punitions, par les maîtres d'ateliers ou les gradés inférieurs.

ART. 106. — Les punitions seront inscrites sur le registre de punitions tenu par le sergent de chaque section ainsi que sur la feuille de conduite des jeunes gardes. Ce document sera joint à l'acte de filiation et restera au bureau du commandant de la compagnie. Quand la punition sera d'une gravité telle qu'il appartiendra au général directeur de l'infliger, on ne l'inscrira sur la feuille que lorsque l'approbation sera revenue, ce qui sera porté à la connaissance de l'établissement par la voie de l'ordre général.

ART. 107. — Aucune punition, à l'exception des mesures particulières pour l'expulsion du coupable, ne dispensera d'assister aux études et aux classes.

ART. 108. — Cette extrémité désagréable étant arrivée, l'expulsion se fera devant la compagnie réunie en armes. On lira l'ordre qui la prononce en présence de tous les camarades du coupable afin qu'elle serve d'exemple salutaire.

Il est bien entendu qu'après cette punition, le coupable ne peut plus être réadmis dans l'établissement et ne pourra jamais revêtir cet uniforme honoré dont il a été dépouillé.

CHAPITRE VI.

NOURRITURE.

ART. 109. — La nourriture des jeunes gardes

sera divisée en trois repas : déjeuner, dîner et souper. Le premier repas se composera d'une soupe de haricots ou pommes de terre ou autres légumes équivalents ; le deuxième, d'une soupe, d'une bouillie de pois chiches et de salade ; le troisième, de deux onces de lard par tête ou d'un quart de viande, de deux jours l'un, et d'un potage de légumes convenablement varié.

On pourra améliorer ce système selon que les fonds le permettront et suivant les résultats de l'expérience.

On donnera à chaque jeune garde une livre de pain blanc par jour. Les jours de fête, au dîner, on donnera un dessert suivant la saison et le prix.

Art. 110. — On déploiera la plus grande vigilance pour que les aliments soient abondants, bien assaisonnés et préparés avec soin.

Art. 111. — Afin de réaliser la plus grande économie, les comestibles seront achetés en temps opportun. Le marché pourra excéder la quantité nécessaire pour les besoins de la compagnie afin que les officiers et les hommes de cadre puissent profiter des avantages de l'approvisionnement, mais personne n'aura le droit de distraire, pour son usage personnel, aucune partie des denrées introduites dans les magasins à moins de l'acheter au prix du marché. Le sous-directeur rendra ses subordonnés responsables de toute infraction à la lettre de cet article.

Art. 112. — Les jeunes gardes auront leur place fixée dans la salle à manger où ils se tiendront dans la meilleure tenue. Les tables seront servies par leurs camarades eux-mêmes et rigoureusement à leur tour. On déduira de la ration de pain journalière la valeur de la vaisselle qu'ils briseront par malice ; le verre de chacun sera numéroté.

ART. 113. — Le garde désigné pour aider le sergent en 1er sera chargé de veiller à ce que les aliments soient prêts à l'heure désignée ; il s'assurera que la salle à manger, la cuisine et la vaisselle sont toujours propres. A cet effet, un quart d'heure avant le repas, le jeune garde de corvée à chaque table arrivera pour préparer la table sous les yeux du garde et il ne se retirera que lorsque le service de la table aura été fait à la satisfaction de celui-ci et après que les jeunes gardes auront mangé ainsi que lui-même.

CHAPITRE VII.

MATÉRIEL.

ART. 114. — Tout le matériel de la compagnie appartient au corps qui est chargé d'en assurer l'approvisionnement et le remplacement.

ART. 115. — On donnera à chaque jeune garde : 1 lit en fer avec paillasse, 1 traversin, 2 couvertures, 1 courte-pointe, 2 taies d'oreiller et 4 draps pour qu'on puisse les faire changer tous les quinze jours.

ART. 116. — Il y aura dans chaque salle : 1 glace, 1 cruche à eau avec couvercle, 1 cuillère en cuivre pour prendre l'eau et 2 pots à anses en fer-blanc pour boire.

Dans la chambre de propreté, il y aura les cuvettes nécessaires pour que tous puissent se laver promptement ; il y aura en outre, par escouade, une jatte pour qu'ils puissent se laver le corps périodiquement.

ART. 117. — Les noms du directeur, du sous-directeur, des officiers et des hommes de troupe, les noms et emplois des jeunes gardes qui composent l'escouade, seront inscrits sur un tableau que chacune d'elles possédera. Pour le matériel, il y aura un autre tableau au moyen duquel on fera la remise quotidienne à celui qui est chargé de la surveillance de la chambrée et, enfin, il y aura un troisième tableau sur lequel se trouveront les pièces séparées de la carabine, leurs noms et leur emploi.

ART. 118. — Dans les salles destinées aux classes et aux ateliers, il y aura un nombre suffisant de bancs, de tables pour écrire, d'encriers et d'objets nécessaires pour le service de chacune d'elles. On placera à part, et dans l'endroit le plus convenable, 1 table, 1 encrier et 2 chaises pour le professeur et l'adjoint des différentes classes établies. Dans la salle à manger, il y aura les tables et les bancs nécessaires pour que tous les jeunes gardes puissent s'asseoir et manger à l'aise.

ART. 119. — Les sergents auront dans leur chambre : 1 table, 1 chaise. 1 râtelier d'armes et les meubles nécessaires à leur emploi particulier.

ART. 120. — Les dépenses d'éclairage, de blanchissage, de balais et des autres objets nécessaires à la propreté de l'établissement et à celle des jeunes gardes sont à la charge de la compagnie.

CHAPITRE VIII.

TENUE.

ART. 121. — La tenue des jeunes gardes se composera de : 1 képi, 1 redingote aux couleurs du corps, mais avec pattes et épaules en drap (propriété de la compagnie), 2 pantalons gris, 1 veston, 1 veston dit de protection, 4 chemises, 3 caleçons, 4 mouchoirs de poche, 2 cols en drap, 1 bonnet rond de quartier, 1 ceinturon, 2 essuie-mains, 1 paire de gants, 2 paires de brodequins.

Le général directeur aura la faculté de changer ces effets selon la nécessité, l'économie et l'expérience qui en sera faite, d'ordonner la confection des effets les plus convenables pour la saison d'été.

ART. 122. — L'armement, qui ne sera délivré qu'aux jeunes gardes qui auront 14 ans accomplis, se composera d'une carabine avec baïonnette, d'une cartouchière sans bretelles et d'une ceinture semblable à celle de l'infanterie du corps.

ART. 123. — L'équipement se composera d'une musette de propreté complète, 1 brosse pour vêtements, 2 brosses pour les souliers et une pour les boutons.

CHAPITRE IX.

ENSEIGNEMENT.

ART. 124. — A leur entrée dans l'établissement, les jeunes gardes sont examinés et classés par l'aumônier, professeur d'instruction élémentaire, qui désigne la classe à laquelle ils doivent être affectés.

ART. 125. — Les matières comprises dans cette instruction seront : la lecture, l'écriture, la doctrine chrétienne, la grammaire castillane et l'arithmétique.

ART. 126. — Pendant les deux premières années de leur séjour dans l'établissement, les jeunes gardes travailleront à se perfectionner en ces matières. Ceux qui se seront instruits avant cette époque passeront aux ateliers ; ceux dont l'instruction sera insuffisante continueront d'aller en classe jusqu'à ce qu'ils aient acquis cette instruction. Le sous-directeur s'assurera de leur aptitude par l'examen qu'il leur fera subir avant de se prononcer sur leur destination.

ART. 127. — Pendant qu'ils recevront l'instruction primaire, on fera apprendre aux jeunes gardes, parmi les métiers exercés dans l'établissement, celui pour lequel ils montrent le plus de dispositions. Si les jeunes gardes refusent d'apprendre un métier ou s'ils en sont empêchés par leurs pères, ils seront renvoyés de l'établissement sans pouvoir y rentrer de nouveau.

ART. 128. — Ceux qui sont dans les ateliers seront les seuls qui pourront se destiner à la musique. On choisira toujours parmi ceux qui en feront la demande les mieux doués et les mieux constitués.

ART. 129. — A 16 ans, ceux qui ont acquis le développement physique nécessaire et ont de l'aptitude pour la carrière des armes apprendront, après avoir été immatriculés de nouveau :

Pendant les six premiers mois, l'arithmétique avec plus de développement, les devoirs du soldat contenus dans l'ordonnance, et pour la tactique, l'instruction théorique de l'homme de recrue.

Pendant le deuxième semestre : les définitions de la géométrie, les devoirs du caporal, l'instruction de la compagnie et son administration de détail.

Pendant le troisième semestre : la partie technique des diverses parties dont se composent les retranchements de campagne, les pièces et le matériel d'artillerie ; les devoirs du sergent et la comptabilité jusqu'à celle afférente à la compagnie.

Pendant le quatrième semestre : le manuel de la garde civile, l'établissement des premières informations et des enquêtes sommaires, des notions de géographie et de l'histoire d'Espagne, et la théorie du tir à blanc.

ART. 130. — Ceux qui n'auront pas le goût de la carrière militaire ou qui ne rempliront pas les conditions nécessaires, resteront dans les ateliers jusqu'à leur sortie de l'établissement qui aura lieu, dans tous les cas, à 18 ans accomplis, ainsi qu'il a déjà été dit.

ART. 131. — Les classes de gymnastique et d'escrime seront considérées comme accessoires. La première aura lieu comme mesure hygiénique, mais on ne lui donnera pas plus d'extension qu'il n'est nécessaire pour contribuer au développement physique des jeunes gens et en l'appliquant à l'art militaire.

La seconde aura lieu pour ceux qui à leur aptitude joindront les qualités d'élèves studieux et qui seront bien notés dans leurs autres classes.

ART. 132. — Ceux qui désirent servir dans la cavalerie, s'ils réunissent les conditions nécessaires pour cette arme, recevront les premiers principes d'équitation, l'instruction de la recrue et celle des files, dans le dernier semestre avant de sortir de l'établissement pourvu que le général directeur, se basant sur la situation des fonds de la compagnie, juge à propos d'acheter les chevaux nécessaires.

CHAPITRE X.

SERVICE ET DISTRIBUTION DU TEMPS.

ART. 133. — Les jeunes gardes ne feront pas d'autre service que celui de l'intérieur de l'établissement. Le général directeur fixera ce service selon les nécessités qu'il verra ; à sa direction incombe aussi le soin de distribuer le temps journalier pour que, selon les saisons et les besoins, les heures d'étude, de classe, d'atelier et d'exercices, soient réglées de manière que les élèves en retirent le meilleur profit.

ART. 134. — Dans le régime qu'il établira, il apportera toute son attention à ce que les jeunes gardes soient élevés dans la sainte crainte de Dieu, à ce qu'ils pratiquent fréquemment le sacrement de la pénitence et à ce qu'on leur fasse, deux fois par semaine, des conférences religieuses présidées et expliquées par l'aumônier de la compagnie.

ART. 135. — Les dimanches, les jours de fête ou les jours de gala pour le saint ou pour l'anniversaire du roi, de la reine, du prince des Asturies, il n'y aura pas de classes. Les jeunes gardes iront promener ou on leur passera des revues suivant les dispositions de l'autorité Dans les petites fêtes, il n'y aura classe que le matin, il en sera de même les jeudis s'il n'y a eu aucune petite fête dans la semaine.

ART. 136. — L'entrée dans les salles, dans l'infirmerie et dans les autres dépendances de l'établissement reste interdite à toute personne qui n'a pas un laissez-passer délivré par le sous-inspecteur. Exception est faite pour les chefs ou pour les officiers de toutes les armes et services de l'armée, à condition que ceux-ci se présentent à des jours et à des heures n'interrompant pas les études.

Les pères, frères ou tuteurs des jeunes gardes pourront voir leurs fils, leurs frères ou leurs pupilles, tous les dimanches depuis l'heure à laquelle leur devoirs sont terminés jusqu'à l'heure du dîner. Sous aucun prétexte on ne pourra leur donner de l'argent, des comestibles ni d'autres objets sans l'assentiment du commandant de la compagnie.

ART. 137. — Excepté les cas prévus par l'article 100, les pères ou tuteurs pourront, seuls, faire sortir les jeunes gardes élevés dans l'établissement. La permission sera préalablement demandée au sous-directeur qui aura seul le droit de l'accorder, les dimanches ou jours de fête, et seulement une fois par trimestre à un même élève, à condition encore que celui-ci l'ait méritée par une application et une conduite recommandables. Le jeune garde ne restera hors de l'établissement que depuis la messe jusqu'à l'heure du souper ; il devra être accompagné tant à la sortie qu'à la rentrée par la personne même qui a obtenu la permission de le faire sortir.

Cette personne sera responsable envers le sergent de semaine de la mauvaise tenue du jeune garde à sa rentrée et des effets qu'il aurait perdus, ainsi que de la façon de procéder qu'il aura eue pour son compagnon.

Art. 138. — Si, pour une cause imprévue, il est nécessaire qu'un jeune garde sorte de l'établissement avec une permission temporaire, le père ou le tuteur en fera la demande par l'entremise du commandant de la compagnie, qui la transmettra avec son avis.

CHAPITRE XI.

INFIRMERIE.

Art. 139. — Il y aura dans l'établissement un local destiné à l'infirmerie et on aura soin qu'il soit séparé le plus possible des dortoirs des jeunes gardes.

Art. 140. — Il y aura toujours pour ce service, et alternant entre eux, le caporal et le garde désignés pour soigner les malades pour que ceux-ci ne manquent jamais de ce que le médecin a ordonné.

Art. 141. — Les mets pour les malades seront préparés dans la cuisine de l'établissement. Pour tenir chaudes la nourriture et les boissons, il y aura, dans l'infirmerie même, un petit fourneau dont le caporal et le garde auront soin.

Art. 142. — Le caporal infirmier prendra en charge, sur inventaire, le matériel appartenant à l'infirmerie ainsi que les registres des entrées et des sorties, des maladies soignées et des dépenses faites. Les dépenses seront inscrites tous les jours sur le registre et payées tous les mois au pharmacien de la ville qui présentera à l'appui de son compte les originaux justificatifs qui seront confrontés avec la situation portée sur le registre du caporal.

ART. 143. — Le caporal et le garde seront responsables de la moindre inobservation par les malades dans le rigoureux accomplissement des ordres donnés. Ils feront prendre en leur présence les aliments et les boissons prescrits par le médecin.

ART. 144. — Si malheureusement le nombre des malades devenait considérable, on désignerait deux ou plusieurs jeunes gardes pris parmi les plus âgés pour aider les infirmiers dans leur service.

ART. 145. — Lorsque la maladie d'un jeune garde sera d'une gravité telle qu'elle nécessitera le conseil du médecin et qu'on ne trouvera pas celui-ci en ville, le sous-directeur aura la faculté d'appeler un autre médecin des résidences les plus voisines.

ART. 146. — Le jeune garde qui sera atteint d'une maladie telle que les médicaments, les bains et les autres secours de la science ne pourront vaincre, quittera l'établissement et sera rendu à sa famille. Il pourra revenir, s'il s'est rétabli avant d'avoir accompli ses 18 années.

ART. 147. — Les honoraires du médecin et du chirurgien, si le premier ne réunit pas les deux professions (et, dans ce cas, le second aura pour sa partie les mêmes attributions et les mêmes devoirs prévus par le règlement pour le médecin) seront payés par fractions égales ou par solde fixe, ce qui sera déterminé par le général directeur qui veillera toujours à l'économie des fonds en même temps qu'il assurera les bons soins à donner aux jeunes garde-malades.

Art. 148. Les comptes de l'infirmerie seront signés par le médecin et transmis par l'officier subalterne le plus ancien de la compagnie.

CHAPITRE XII.

COMPTABILITÉ ET DÉTAIL.

Art. 149. — Il y aura dans la caisse de la direction générale du corps, un registre de recettes dénommé : *Fonds de la compagnie des jeunes gardes.*

Ce fonds sera crédité, tous les mois, de la solde de 33 places de gardes de 1re classe, de 26 gardes de 2e classe et de 14 gardes de cavalerie. Avec cet avoir, on devra pourvoir à toutes les dépenses de manutention, d'équipement et d'enseignement des 130 jeunes gardes composant l'effectif de la compagnie.

Art. 150. — Le traitement de la solde des officiers et autres gradés de la compagnie sera payé par la caisse du 1er bataillon, s'ils appartiennent au corps. S'ils n'appartiennent pas à la garde civile, ils seront payés par le quartier-maitre des classes des commissions actives, au moyen de la justification de revue administrative qu'ils auront soin de lui remettre en temps opportun.

Art. 151. — Comme la rétribution d'un grade par compagnie ou escadron se fait par les bureaux desquels dépendent ces compagnies ou escadrons, le chef dépositaire des fonds de la direction leur passera, tous les mois, l'avoir en charge et leurs reçus seront les pièces justificatives du livre des entrées. Les comptes, approuvés par le directeur général, serviront de pièces de sortie.

ART. 152. — Le sous-directeur recevra en compte l'argent nécessaire pour les besoins de l'établissement. Ses perceptions sur la caisse de la direction seront autorisées par le général directeur; il y aura pour les bureaux de cette caisse un registre sur lequel on copiera littéralement ces perceptions. Le commandant de la compagnie tiendra un registre analogue.

ART. 153. — A la liquidation des comptes, qui aura lieu expressément dans la première quinzaine du mois qui suivra, on annulera les bons en mettant sur les livres la mention « Retiré ».

Le compte général avec les pièces justificatives sera mis aux archives de la direction générale; il en restera, à la compagnie, une copie transcrite sur le livre qui, sous la dénomination de *comptes généraux*, restera dans le bureau du commandant. Dans ce bureau, on établira, séparément, les comptes des divers services, de façon que, dans le résumé général, il n'y ait qu'une seule inscription pour chaque objet.

ART. 154. — Les chapitres auxquels se réduiront ces comptes sont :

1º Gratifications et soldes;
2º Habillement, armement, équipement;
3º Magasins, salle à manger et cuisine;
4º Classes et ateliers;
5º Ouvrage ordonnés par le directeur général, propreté et imprévu;
6º Infirmerie.

On mettra à la charge du chapitre 1er, comme gratifications :

Pour le sous-directeur..............	240 réaux.
Pour deux officiers subalternes à 100 réaux	200
Pour un sergent en 1er............	80
Pour deux sergents en 2e, à 60 réaux.	120
Pour six caporaux et un trompette, à 40 réaux	240
Pour huit gardes, à 20 réaux.......	160
Pour quatre gradés de 1re classe, à 0 fr. 60 par jour.................	72
Pour huit gradés de 2e classe, à 0 fr. 45 par jour.................	108
Total.......	1.260 réaux.

On mettra aussi à la charge de ce chapitre : les traitements du médecin, de l'aumônier, du cuisinier et des maitres qui seront nécessaires pour l'instruction des élèves. Dans les autres chapitres, on mettra seulement la dépense correspondante. Ces chapitres seront signés par les officiers qui ont le contrôle de ces services.

Les comptes, vérifiés et visés par le commandant de la compagnie, seront soumis par lui à l'approbation du général directeur, et ce n'est qu'après son approbation qu'ils seront admis par la caisse comme décharge des signatures dont ils sont revêtus.

Le sous-directeur et les officiers qui n'auront pas des emplois montés n'auront pas droit aux gratifications portées en cet article; le premier seul aura droit à 100 réaux pour frais d'écritures.

Les classes de troupe toucheront leurs gratifications suivant leur emploi et selon les circonstances, qui seront laissées à l'appréciation du général directeur ; celui-ci pourra en diminuer la valeur s'il le juge à propos et en raison de la situation des fonds.

Art. 155. — Ni dans les comptes particuliers, ni dans le compte général, on ne portera les reçus de traitement des officiers, ni de solde des classes de troupe affectées à la compagnie.

Art. 156. — Dans chaque service, il y aura un registre de doit et avoir, sur lequel on portera, avec clarté et séparément, les entrées et sorties des vivres, effets ou argent. C'est avec ce registre, confronté avec le registre général, que le sous-directeur, en exécution des ordres, approuvera, tous les mois, les reçus et les autres documents qui témoignent de la légalité de l'inversion et de l'existant

Art. 157. — Dans les dépenses des ateliers seront compris les 30 centimes accordés journellement aux gradés de 3ᵉ classe. Si, pour l'amélioration des œuvres, il convient de donner à ceux-ci ou à d'autres une gratification plus forte, la proposition en sera faite par le commandant de compagnie au général directeur, qui prendra une décision suivant les produits que les ateliers auront donnés.

Art. 158. — Lorsque, par leur extension ou leur bonne direction, les ateliers produiront plus de travail que n'en nécessitent les besoins de la compagnie, on pourra travailler pour les besoins des bataillons et des particuliers, lorsque la qualité des produits et l'économie existant seront à leur convenance.

Art. 159. — Toute dépense en dehors de la manutention journalière et des besoins de l'infirmerie ne devra être faite qu'après autorisation du directeur général.

ART. 160. — Le sous-directeur, qui est responsable de la compagnie, sera chargé, en outre, de l'administration et du détail. A cet effet, il tiendra lui-même les livres et les registres suivants :

L'historique de l'établissement depuis sa création, avec les admissions et les sorties qui ont eu lieu, les progrès de l'enseignement, les travaux exécutés, et tous les faits qu'il juge propres à donner une idée de l'état de l'établissement et de ses améliorations;

Un registre de feuillets de signalements, par ordre alphabétique, joints aux feuilles contenant la biographie de chaque jeune garde, sa capacité, son application, son instruction à son arrivée à la compagnie, le cours de ses études, les récompenses obtenues, les punitions encourues, sa conduite, ses inclinations. Tout cela doit être porté sur le feuillet avec clarté et d'une manière succincte;

Un livre-copie de la correspondance entretenue avec le directeur général;

Un livre-copie de la correspondance entretenue avec les autres autorités et avec les particuliers;

Un livre-copie des rapports adressés;

Un livre-copie des marchés;

Un livre-copie des ordres;

Une chemise contenant les communications du directeur général;

Une chemise contenant les communications des diverses autorités et des particuliers;

Une chemise contenant la dernière situation de l'armement, de l'habillement et de l'équipement;

Une chemise contenant les rapports mensuels des examens. Ces rapports seront détruits à la fin de l'année, après avoir servi à relater l'historique concernant chaque jeune garde.

ART. 161. — Dans chaque section, le sergent sera chargé de tenir un registre du service commandé et un registre de punitions, ainsi que les listes d'appel pour toutes les classes. Ces listes seront renouvelées tous les semestres, en tenant compte des mutations qui auraient pu s'y produire.

ART. 162. — Le premier jour de chaque mois, on remettra à la direction un état de l'effectif indiquant les motifs des entrées et des sorties, et un rapport sur l'instruction et les progrès des élèves. Pour cela, chaque professeur ou maître d'atelier remettra au sous-directeur un rapport en double expédition dans lequel il signalera les trois élèves les plus avancés et tous ceux qui sont arriérés. Le sous-directeur gardera une expédition pour en faire ce qui est prescrit par l'article 160 du présent règlement.

ART. 163. — A la fin de l'année, on enverra une situation de l'armement, de l'équipement et du matériel avec la classification du service et le temps de la durée. Une note fera connaître tout ce qui a été reçu ou construit dans l'année, les causes des sorties et tout ce qui a été remis ou rendu inutile.

ART. 164. — Le sous-directeur prouvera son zèle et son intérêt pour la compagnie en remettant dans les premiers jours de l'année, à l'autorité supérieure, un mémoire collectif qui doit embrasser toutes les parties de son vaste commandement exercé pendant l'année précédente.

Si son expérience et son étude constante lui conseillent quelque réforme dans le plan d'éducation ou dans quelque autre branche du service confié à ses soins et à son talent, il l'exprimera dans le même mémoire.

Si le général directeur juge convenable de la prendre en considération, il la proposera au gouvernement de Sa Majesté dans le cas où il ne lui appartiendrait pas de l'opérer lui-même.

CHAPITRE XIII.

RÉCOMPENSES.

ART. 165. — Le pénible devoir que s'impose celui qui s'adonne à l'enseignement et les conditions spéciales que doit réunir celui auquel on confie une mission si difficile méritent toute la considération du gouvernement de Sa Majesté. Aussi, le service fait par les officiers et les classes de troupe de la compagnie des jeunes gardes sera considéré comme service exceptionnel et constaté comme tel sur les feuilles de service et matricules.

ART. 166. — Ils resteront en possession des droits qui appartiennent aux grades correspondants de leurs armes respectives; ils auront droit à participer à tout avantage qui peut être concédé, en général, à ceux qui servent dans l'armée.

ART. 167. — La présence pendant quatre années consécutives dans la compagnie leur donnera droit à l'avancement au tour du choix, lorsqu'ils se trouveront dans la première partie de la liste d'ancienneté de leur grade. S'ils n'y sont pas, ils passeront au tour du choix quand ce numéro arrivera.

ART. 168. — L'aumônier et le médecin recevront un certificat qui leur servira de titre de recommandation. Ce certificat sera visé par le gouvernement.

ART. 169. — Les maîtres d'ateliers civils qu'on sera obligé d'employer, ainsi que le cuisinier et l'aide-cuisinier recevront aussi, quand ils le demanderont, un certificat de leur conduite dans l'établissement et du service qu'ils y ont fait.

CHAPITRE XIV.

DISPOSITIONS GÉNÉRALES.

ART. 170. — Les officiers, les hommes de troupe et les autres personnes employées à l'éducation des jeunes gardes se livreront exclusivement, au service prévu par le règlement. Ils ne pourront se livrer à nulle autre occupation qui les distrairait de leur devoir principal, à l'exception des cas extraordinaires où ils seraient requis par l'autorité locale pour exécuter des services propres à l'institution du corps.

Aussitôt la création de l'établissement, ils dépendront immédiatement du directeur général de la garde civile et du sous-directeur.

ART. 171. — Chaque fois qu'en dehors de l'établissement ils seront en troupe et en armes, ils rendront les honneurs à tous ceux auxquels les ordonnances royales en accordent, mais à l'intérieur et pour la garde extérieure on ne rendra les honneurs qu'au Saint-Sacrement, aux personnes de sang royal, au Ministre de la guerre et au général directeur.

ART. 172. — Tous les hommes de troupe affectés à la compagnie devront habiter, à moins d'insuffisance de local, à l'intérieur de l'établissement.

Art. 173. — La durée de l'habillement, de l'équipement et du matériel sera graduée par le directeur général. Le commandant de la compagnie appliquera son zèle à conserver l'habillement et les objets pendant le plus longtemps possible. Il fera des échanges d'effets en les donnant à ceux auxquels ils ne seront ni courts ni étroits étant donné leur petite taille et leur peu de développement.

Art. 174. — La durée de l'armement est fixée par les ordres royaux en vigueur.

Le remplacement est à la charge de la compagnie.

Art. 175. — Dans les classes d'instruction primaire et dans les ateliers, les examens auront lieu à l'époque fixée par le général directeur, qui pourra ainsi s'assurer par lui-même de l'état de l'instruction et des progrès des jeunes gardes. Ceux qui suivent les classes militaires subiront des examens trimestriels présidés par le commandant de la compagnie quand il sera délégué, dans ses fonctions, par le général directeur.

Art. 176. — Les derniers examens terminés, on donnera des prix à ceux qui auront été jugés les plus capables dans chaque classe ou atelier. Ces prix consisteront en livres ou objets utiles à la profession de chacun. Ces objets porteront le nom de l'élève et on lui donnera, en outre, un diplôme confirmant l'honneur qu'il reçoit. Cette distribution se fera avec la plus grande solennité; le directeur général la présidera en personne.

La dépense des prix sera à la charge de la

compagnie et inscrite au chapitre « Classes ou ateliers », et selon l'affectation des prix.

ART. 177. — Le règlement approuvé du 30 juin 1856 et les ordonnances royales postérieures et relatives à l'orgànisation de la compagnie des jeunes gardes, étant réunies dans le présent règlement, leurs dispositions cessent d'avoir de l'effet et on se conformera à ce qui est prescrit dans le règlement actuel.

Madrid, 6 juillet 1864.

Signé : MARCHESI.

(Sceau du Ministre de la guerre).

NOTA. — Aujourd'hui l'établissement est constitué en commandement de 2e classe, avec un cadre composé de : un commandant; un capitaine ; cinq lieutenants; un sergent en premier; cinq sergents en second; neuf caporaux; un clairon-major; un trompette-major; neuf gardes.

Il existe actuellement 290 jeunes gardes composant deux compagnies d'infanterie et une section de cavalerie.

Le règlement antérieur ayant été modifié ainsi que diverses dispositions postérieures, le chef, les officiers et hommes de troupe de l'établissement se conformeront à ce qui est prescrit pour chaque emploi dans le présent règlement.

RÈGLEMENT

Pour la concession de secours aux veuves, aux orphelins ou invalides des classes de troupe du corps.

CHAPITRE PREMIER.

ARTICLE PREMIER. — Sont compris dans les bénéfices signalés dans le tarif n° 1, selon le temps de service déterminé par ce tarif :

1° Les veuves et les orphelins des individus qui, tombés en face de groupes ou partis armés quel que soit leur titre ou leur dénomination, sont morts en combattant;

2° Les veuves et orphelins de ceux qui, comme conséquence du même service, ont reçu des blessures qui, par leur gravité, ont entraîné la mort, lors même que celle-ci ne survient qu'après le combat;

3° Les individus qui, en conséquence des blessures reçues dans les faits d'armes précités, ont été amputés;

4° Les veuves et orphelins des individus qui, accourus pour éteindre un incendie, ont reçu, pendant l'exécution de ce service, une blessure ou ont fait une chute qui entraîne la mort ;

5° Les veuves et orphelins de ceux qui, pendant une course de service, ont été dans la nécessité de se jeter dans une rivière pour sauver quelque personne en danger imminent et qui ont eu l'infortune de se noyer;

6° Les veuves et orphelins de ceux qui mourroute en portant secours aux bâtiments naufragés, qu'ils soient nationaux ou étrangers;

7° Les individus qui, en conséquence des services prévus dans la règle précédente, ont été amputés d'un membre quelconque ;

8° Les veuves et orphelins des individus qui, appelés à porter secours aux voyageurs menacés de vol ou de violence quelconque par les malfaiteurs, sont morts après avoir livré combat ;

9° Les individus qui, en conséquence des circonstances prévues dans la règle précédente, ont reçu des blessures graves ou sont devenus infirmes.

Art. 2. — De même, auront droit aux secours indiqués dans le tarif n° 1 : les veuves et orphelins des individus de troupe qui sont morts à la suite de services ou faits d'armes non prévus dans les régles antérieures. Les individus qui, dans le même cas, auront été amputés auront les mêmes droits.

Art. 3. — Pour les cas exprimés dans les paragraphes 2, 3 et 4 du chapitre 1er, il faut que la mort survienne dans le délai de deux années à partir du jour où le fait se sera accompli.

CHAPITRE II.

Article premier. — Sont compris dans le tarif n° 2 selon le temps de service déterminé dans ce tarif :

1° Les individus des classes de troupe qui ont été congédiés comme infirmes à la suite de blessures reçues dans les faits d'armes signalés dans la règle n° 1 du chapitre 1er;

2° Ceux qui, devenus trop infirmes pour continuer leur service dans le corps et auxquels un congé définitif aura été délivré à la suite des services mentionnés dans la règle n° 4 du chapitre 1ᵉʳ, à condition qu'ils établissent qu'ils se sont conduits avec intrépidité, décision et bonne volonté pour sauver les personnes et leurs biens dans le cas d'incendie;

3° Ceux qui, devenus infirmes à la suite de douleurs contractées dans le service et qui ont été congédiés comme tels pour avoir sauvé une personne en péril ainsi qu'il est fait mention dans la règle n° 5 du précédent chapitre, à condition qu'il ne se soit pas écoulé plus d'une année depuis la date ou s'est produit le fait qui a déterminé l'infirmité pour laquelle ils demandent un secours;

4° Les infirmes qui ont obtenu leur congé définitif en conséquence de douleurs contractées en rendant les services prévus dans la règle 6 dudit chapitre 1ᵉʳ.

5° Ceux qui auront été reconnus infirmes à la suite de coups ou de chutes, lorsque, dans une course spéciale de leur service, ils auront eu occasion de porter secours aux voyageurs ou aux conducteurs des voitures publiques.

ART. 2. — Auront droit aussi aux secours prévus dans le tarif n° 2, les individus devenus infirmes à la suite de services non prévus dans ce chapitre et qui ne donnent pas droit à ceux déterminés par le tarif n° 1.

CHAPITRE III.

ARTICLE PREMIER. — Pour qu'une justice notoire préside à la concession des secours prévus dáns les deux tarifs cités, les chefs de bataillon ordouneront l'établissement immédiat du dossier nécessaire pour chacun des cas où il y a lieu d'accorder des secours. Ce dossier complet sera le document justificatif de l'instance de l'intéressé ou de la proposition du chef de bataillou.

ART. 2. — A cet effet, les sollicitations que m'adressaient les individus des classes de troupe ou leurs familles en instance de secours, cesseront d'être adressées à mon autorité s'ils ne sont pas compris dans les bénéfices déterminés antérieurement.

ART. 3. — Les documents suivants devront figurer dans le dossier :

Copie du signalement ;

Copie de la feuille des faits ;

Certificat médical signé par l'autorité militaire ou le maire du lieu où réside le postulant.

ART. 4. — Si la sollicitation est faite par une veuve, on joindra aux documents déjà désignés un certificat de la conduite qu'elle aura tenue pendant son séjour dans les casernes du corps et de l'acte de mariage légalisé.

ART. 5. — Le mêmes documents qui sont prévus pour les infirmes seront joints aux instances des orphelins.

Madrid, 8 novembre 1869.

Le Directeur général,
SERRANO.

Tarifs auxquels sont soumises les distributions des secours du fonds d'amendes qui sont accordés aux veuves, aux orphelins ou aux infirmes du corps, suivant les cas déterminés dans le règlement que j'ai approuvé à cette date.

NUMÉRO 1.

Depuis l'entrée dans le corps jusqu'à
2 années de service...................... 700fr.
De 2 à 8 ans de service................ 1100
De 8 à 14 ans de service............... 1200
De 14 à 20 ans de service.............. 1300
De 20 et au delà....................... 1400

NUMÉRO 2.

Depuis l'entrée dans le corps jusqu'à
2 années de service...................... 300fr.
De 2 à 8 ans de service................ 700
De 8 à 14 ans de service............... 800
De 14 à 20 ans de service.............. 900
De 20 et au delà....................... 1000

Règlement.

ARTICLE PREMIER. — Dans le but d'accorder aux familles des chefs ou officiers qui meurent un secours pécuniaire et immédiat au moyen duquel elles puissent couvrir les frais d'enterrement et de funérailles du décédé et de venir en aide à leurs ressources jusqu'à ce qu'elles aient reçu la pension de Monté-Pio à laquelle elles ont droit, ou qu'elles aient arrangé leur manière de vivre, il est établi une société philanthropique de secours mutuels parmi les chefs et officiers de la garde civile.

ART. 2. — La Société se compose :

1º De tous les chefs et officiers de la garde

civile qui existent dans les commandements et bataillons du corps de la péninsule et de ceux qui sont à la direction générale;

2º De ceux qui sont à la suite ou en excèdent et qui pourront faire partie de la société;

3º Des généraux ou brigadiers sortant du corps et des chefs et officiers retirés qui sont actuellement sociétaires et qui pourront continuer à l'être;

4º Des chefs et officiers des autres armes qui ont appartenu au corps ou à la direction et qui sont aujourd'hui sociétaires, s'il désirent volontairement continuer.

Art. 3. — Pour intervenir et donner une solution dans tout ce qui concerne la société, il sera constitué, sous le nom de Conseil exécutif, une commission qui aura pour président S. E. le Directeur général du corps et pour vice-président le secrétaire de la direction; elle se composera des chefs des 1er et 14e bataillons et de ceux des sections du personnel et de la comptabilité de la direction qui auront voix de droit. Un officier de la direction remplira les fonctions de secrétaire.

Art. 4. — Il n'y aura aucun fonds; les dépenses seront couvertes par une cotisation égale payée par tous les sociétaires à chaque décès.

Art. 5. — Le décompte ou cotisation indiqué dans l'article précédent sera de 2 fr. 50 par décès et par sociétaire.

Art. 6. — Si, dans le même mois, il meurt plus de deux sociétaires, les cotisations se payeront en deux ou plusieurs mois afin qu'il ne soit imposé à aucun sociétaire une cotisation mensuelle de plus de 5 francs.

ART. 7. — Le *Bulletin officiel* du corps publiera tous les mois les entrées et sorties des sociétaires ainsi que les décès survenus dans le mois précédent.

ART. 8. — Une instruction spéciale déterminera le mode et la forme de vérification des dépenses et de recouvrement des cotisations que les sociétaires doivent payer.

ART. 9. — Les sociétaires qui ne font pas partie du corps devront avoir soin de faire leurs versements effectifs dans la caisse de la province dans laquelle ils résident ou dans la caisse de la direction générale, dans le délai d'un mois à partir de la publication du décés dans le *Bulletin officiel*.

ART. 10. — Les sociétaires dont il est parlé dans l'article 9 qui ne payeront pas leurs cotisations dans le délai fixé seront rayés de la Société.

ART. 11. — Il ne pourra entrer dans la Société aucun sociétaire qui a cessé d'y appartenir, à moins qu'ayant obtenu sa réadmission dans le corps, il appartienne obligatoirement à la société, conformément à l'article 2.

ART. 12. — Tout chef ou officier qui entrera dans la garde civile et venant de la suite ou des autres armes de l'armée ou de l'avancement de sergent à officier, entrera dans la Société le jour où il aura passé la première revue du commissaire du corps.

ART. 13. — Le conseil exécutif fera insérer au *Bulletin* la publication nécessaire de la dépense ou du compte occasionné par chaque décès.

ART. 14. — Seuls, la veuve, les orphelins ou le père du sociétaire décédé pourront réclamer les bénéfices accordés par la Société sans présentation du testament de celui-ci les constituant ses héritiers dans la forme voulue.

ART. 15. — Le sociétaire veuf sans enfants légalement reconnus ou le célibataire qui se trouve dans le même cas, pourront désigner dans leur testament la personne qui, à leur décès, devra obtenir les bénéfices accordés par la Société.

ART. 16. — Pour percevoir les sommes qui reviennent aux héritiers dont il est parlé en l'article 15, ceux-ci devront nécessairement présenter une copie légalisée du testament du décédé. Cette copie sera jointe au compte établi par le commandement.

ART. 17. — Le chef de la province dans laquelle meurt un sociétaire pourra accorder immédiatement à la veuve, aux orphelins ou aux héritiers légitimes, sur leur demande, une somme qui ne pourra excéder la moitié du secours prévu. Il recueillera le reçu de cette provision qui sera signé par le percepteur et deux témoins. L'intéressé retirera ce reçu en remettant celui de la somme totale qui lui revient.

ART. 18. — Les dons de la société seront sacrés ; ils ne pourront servir à payer les dettes du défunt ni autres, ni être destinés à un autre but qui le détourne de celui auquel ils sont exclusivement destinés.

ART. 19. — La Société étant établie, il est interdit de faire collectivement aucun don pour alléger la situation plus ou moins précaire des familles des chefs ou officiers du corps qui viennent à décéder.

ART. 20. — Le sociétaire qui passe aux colonies cesse de faire partie de la Société jusqu'à son retour dans la Péninsule. S'il obtient sa retraite, il conserve le droit de rentrer dans la Société s'il le désire.

ART. 21. — Si, conformément à l'article 6, un sociétaire meurt sans avoir payé les cotisations des décès antérieurs au sien, on déduira du secours que la famille ou les héritiers doivent percevoir, les sommes que le défunt aurait dû payer.

ART. 22. — Les chefs de province auront soin de remettre le présent règlement à tous les chefs et officiers qui viennent de l'armée ou du cadre des sergents et placés sous leur commandement.

Madrid, 1er février 1875.

Approuvé :

Signé : COTONER.

3e Section. — CIRCULAIRE. — Numéros 27 du bataillon et 37 de province. — Vu le résultat obtenu par la circulaire du 23 avril dernier et conformément à ce qui a été accordé par le Conseil exécutif de l'association des secours mutuels de MM. les chefs et officiers, j'ai décidé que tous ceux qui, pour un motif quelconque, passent aux armées d'outre-mer, continueront à faire partie de l'association s'ils le désirent.

Dieu vous garde de nombreuses années.

Madrid, 23 juillet 1875.

Signé : COTONER.

A MM. les colonels sous-inspecteurs et aux premiers chefs de province.

NOTA. — MM. les sociétaires qui ont quitté le corps pour obtenir leur retraite ou pour d'autres motifs et qui désirent continuer à appartenir à l'association peuvent le faire conformément à l'article 3 du règlement. Ils devront verser leurs cotisations conformément à l'article 9. Il n'est pas nécessaire qu'ils aient recours à la direction générale pour obtenir l'autorisation s'ils remplissent les conditions requises antérieurement.

Instruction pour effectuer les secours conformément au règlement qui précéde.

1º Chaque fois qu'il se produira un décès de sociétaire, le chef supérieur duquel il dépend aura soin de faire connaître à S. E. le Directeur général du corps, président de la société, si le décédé laisse une famille et s'il a fait un testament.

2º Le conseil exécutif fera publier immédiatement le décès du sociétaire et fera connaître le lieu et la date du décès.

3º Les commandements, à l'annonce de la publication du conseil exécutif, remettront dans un délai de quinze jours à la direction générale, le total de la somme à laquelle s'élèvent les cotisations qui, à raison de 2 fr. 50, devront être payées par les chefs ou officiers qui auront passé, dans ce commandement, la revue administrative du mois au cours duquel le *Bulletin* aura publié le décès.

4º Les versements des commandements seront inscrits avec la liste nominative des sociétaires qu'ils comprennent.

5º Les états-majors des bataillons seront compris dans les versements des commandements où ils sont en résidence.

6º Les commandements verseront immédiatement à la caisse de la direction les sommes ou cotisations des sociétaires n'appartenant pas au corps et donneront un reçu aux intéressés.

7° Le secrétaire du conseil exécutif ouvrira dans chaque cas un compte au commandement de la province à laquelle appartient le défunt, et le créditera de toutes les sommes qu'il reçoit. Le commandement aura soin, à son tour, d'ouvrir un autre compte dans lequel il créditera les héritiers des sommes qui lui sont remises et déduira celles qu'il leur aura données. Aussitôt que toutes les sommes auront été remises, le commandement arrêtera le compte et l'enverra au président du conseil exécutif.

Madrid, 1er février 1875.

Le Capitaine secrétaire,
Edouard CREUS.

La commission exécutive de l'association prie MM. les chefs et officiers de porter leur attention sur l'article 9 du règlement publié au *Bulletin officiel* le 24 mars 1875.

Dans cet article, on fixe ce que MM. les sociétaires n'appartenant pas au corps devront faire pour effectuer leurs versements dans la caisse de la province où ils résident ou dans celle de la direction générale, dans un délai précis d'un mois à partir du jour où le décès a été publié par le *Bulletin officiel.*

Elle les prie aussi de se rappeler que, conformément à l'article 10, les sociétaires qui n'ont pas effectué les versements dans un délai d'un mois perdent tout droit et sont rayés de la société sans pouvoir y revenir jamais, ainsi qu'il est dit à l'article 11.

MM. les sociétaires qui obtiennent leur retraite devront se rappeler aussi le droit que leur concède l'article 20 de continuer à faire partie de la société ; par conséquent, en passant dans cette situation, il ne leur est pas nécessaire de faire connaître leur intention de continuer d'être sociétaires puisque cette faveur est consignée dans le règlement. Leur droit subsistera pourvu qu'ils remettent à la caisse de la compagnie, très exactement et dans le délai indiqué, les cotisations qu'ils ont à payer. Pour cela, ils doivent se tenir au courant des décès publiés par le *Bulletin officiel* afin de ne pas s'exposer à être rayés de la société ainsi qu'il est prévu dans les articles du règlement.

Règlement pour l'association de secours mutuel des classes de troupe du corps.

3e section. — Circulaire. — Numéros 28 de bataillon et 38 de province.

Vu le résultat obtenu par la circulaire du 16 avril dernier, à la suite de laquelle 776 individus seulement n'ont pas été de l'opinion générale du corps et pour me conformer à la décision du conseil nommé à ce sujet, j'ai décidé ce qui suit :

Article premier. — Il sera établi, à partir du 1er août 1875, une société de secours mutuels pour les classes de troupe.

Art. 2. — Tous les individus du corps et ceux qui y seront admis dans la suite seront sociétaires obligés, à l'exception seulement des 776 individus qui, après avoir été consultés, ont manifesté le désir de ne pas faire partie de l'association.

Art. 3. — La cotisation sera de 10 centimes pour chaque décès.

Art. 4. — Les chefs des commandements dans lesquels se produira le décès d'un sociétaire en donneront connaissance avec la plus grande promptitude au centre directeur, la 3e section étant chargée de ce service.

Art. 5. — On publiera, en temps opportun, dans le *Bulletin officiel*, les décès qui surviendront dans le mois en indiquant les commandements dans lesquels ils ont eu lieu. Les caisses remettront immédiatement à ceux-ci et sans autre avis toutes les sommes composées d'autant de cotisations qu'il existe de sociétaires présents au jour de la publication.

Art. 6. — La caisse du commandement dans lequel se produit le décès remettra à la veuve, aux fils ou au père du défunt un acompte de 500 francs, afin qu'ils reçoivent rapidement et en temps opportun les résultats de cette bienfaisante association.

Art. 7. — Ce qui est prévu par l'article précédent n'aura lieu que pour la femme, les fils ou le père du défunt; pour les autres degrés de parents ou héritiers, on exigera les pièces qui établissent clairement et définitivement leur droit; mais, dans aucun cas, on ne leur fera aucune avance avant la vérification de la répartition.

Art. 8. — Les commandements dans lesquels se produisent les décès remettront en dernier lieu à la direction, pour chaque cas, un compte détaillé signé du premier et du second chef, faisant connaître le nom du défunt, le nombre des sociétaires qui ont versé, le montant des cotisations et le nom des héritiers auxquels le total a été remis. Quand il s'agira des veuves, on fera connaître le nombre des enfants qu'elles ont pour faire publier, dans le plus bref délai, au moyen du *Bulletin,* les faits et leurs résultats.

ART. 9. — Les individus libérés ou retraités par ancienneté perdront tous droits à leur départ du corps.

Dieu vous garde de nombreuses années.

Madrid, 28 juillet 1875.

Signé : COTONER.

A MM. les colonels sous-inspecteurs et premiers chefs de province.

Consulté sur les solutions à donner à certains cas particuliers, le Ministre a répondu ce qui suit :

1º Le montant total du secours produit par les cotisations pour le décès d'un individu marié doit être remis intégralement à sa veuve.

2º Dans le cas où la veuve n'existe pas, le montant total doit être distribué en parties égales entre les enfants légitimes.

3º S'il n'existe ni veuve ni enfants légitimes, le montant total sera remis au père ou à la mère du défunt et, à leur défaut, à la personne désignée dans le testament, puisque, selon les bases de l'association, les célibataires et veufs sans enfants ont seuls cette faculté.

4º Les individus mariés ne peuvent disposer dans leur testament de la somme qui, après leur décès, proviendra des cotisations des sociétaires, puisque « selon l'expresse volonté de ceux-ci », le secours appartient en totalité à la veuve à laquelle il doit être remis intégralement dans tous les cas qui peuvent se présenter, sans qu'il puisse s'élever aucun doute, les sociétaires étant tenus toujours de respecter, sans aucun appel, ce droit de la veuve.

5° Dans le cas d'exécution du testament d'un individu marié, il doit être entendu pour rigoureuse exécution que les exécuteurs testamentaires désignés ne pourront jamais intervenir dans ce qui est relatif au secours, puisque, après que la somme a été recueillie, et par respect pour la volonté de tous les sociétaires, le secours doit être expressément remis à la veuve par les chefs respectifs et dans la forme déterminée.

6° Dans le cas où un célibataire, un veuf sans enfants, dont les père et mère n'existent pas non plus, meurt sans désigner personne pour recevoir le secours, celui-ci doit être remis à la personne ou aux personnes qui, conformément à la loi, ont le plus de droits.

Madrid, 28 novembre 1878.

Signé : COTONER.

Transmis à MM. les premiers chefs de province pour prendre connaissance et pour exécution.

Bases pour la création d'un fonds spécial destiné aux récompenses extraordinaires pour le service forestier.

Ministère de l'agriculture. — *Forêts.*

Excellence,

Sa Majesté, désirant donner à la garde civile, si méritante, une preuve du plaisir avec lequel elle voit les services remarquables qu'elle rend dans la garde de la richesse forestière, envoie un ordre royal au directeur de l'institution pour que, par le versement du tiers des amendes imposées aux contrevenants aux lois en vigueur qui sont dénoncés par les individus du corps, on crée un fonds spécial destiné à les récompenser, eux ou leurs familles, lorsque les circonstances les rendent dignes de cette récompense extraordinaire.

Le directeur a été chargé de rédiger les bases suivant lesquelles on pourra donner ces récompenses; celui-ci ayant accompli son mandat, Sa Majesté (que Dieu garde!) à qui il a rendu compte de sa mission, a décidé d'accord avec le directeur général :

1º Qu'il soit créé de suite, dans chaque commandement de la garde civile, le fonds spécial dont il est question au moyen du tiers des amendes qui sont perçues pour les dénonciations faites par les individus du corps. On remettra leur valeur aux caisses respectives et on fera figurer les existants qui en résulteront dans les balances mensuelles et autres documents de comptabilité suivant la même méthode qui a été établie dans l'institution pour les autres amendes.

2º Que ces fonds soient distribués dans les classes de troupe par la direction générale du corps et entre les veuves, orphelins ou parents, en se conformant strictement aux règles suivantes :

a) Les individus qui se sont distingués le plus dans l'exécution du service forestier seront proposés par leurs chefs dans le courant du mois de décembre de chaque année pour l'obtention d'un prix. On prouvera, au moyen de documents justificatifs, le mérite et les services sur lesquels on se base ;

b) Ceux qui, pendant une année consécutive se seront astreints exclusivement à la garde des forêts et auront rendu, dans cette période, des services d'une nature telle que le directeur général reconnaisse que ces services ont occasionné la destruction prématurée de l'habillement, recevront quelques-uns des effets constituant la tenue de route, ou tous ces effets suivant les conditions justifiées dans lesquelles se trouve chaque individu.

3º Seront secourus suivant les mérites acquis et la gravité du cas : ceux qui, dans l'exécution du service forestier, ont été blessés par les infracteurs aux lois; ceux qui ont été blessés, à la suite de coups ou de chutes, dans l'extinction d'un incendie ou à la suite de quelque autre service périlleux et important; ceux enfin qui, à la suite de blessures reçues ou de douleurs contractées dans ce service, sont reconnus être dans l'impossibilité de continuer leur service dans l'institution.

4° Seront aussi secourus : les veuves et orphelins, et, à leur défaut, les pères des individus qui meurent en combattant contre les infracteurs, et de ceux qui. accourus pour éteindre un incendie, reçoivent, dans ce service, quelque lésion qui entraîne la mort. Tant dans ce dernier cas que dans celui indiqué dans la règle n° 3, on conservera le droit à une demande de secours si le décès se produit dans les deux années qui suivent le jour où le fait s'est produit.

5° Auront droit aussi au secours : les veuves, orphelins ou pères de ceux qui meurent des suites de faits d'armes ou de services forestiers qui ne sont pas prévus dans les paragraphes précédents, ainsi que les individus devenus infirmes pour les mêmes causes. Dans tous les cas, on devra justifier l'existence des faits et les services qui donnent lieu à la demande, de manière qu'il ne subsiste aucun doute.

6° Toutes les récompenses et les secours seront toujours accordés par décision du directeur général en tenant compte de l'importance du service, du mérite de l'individu et selon la situation ou même l'existence des fonds, sans que dans ce cas particulier les intéressés puissent jamais réclamer quoi que ce soit.

7° Afin qu'une justification notoire et bien marquée préside toujours à la concession des récompenses et des secours, les premiers chefs des commandements établiront, pour chaque cas, le dossier nécessaire qui, complété, sera remis à la direction générale pour la décision à intervenir.

8° Ledit dossier établira d'une manière claire et précise la cause qui le motive, et on citera la règle dans laquelle le cas est compris. On joindra les documents justificatifs des faits et le certificat médical dans le cas de blessures ; ce certificat en constatera la nature. Ce document sera joint au dossier qui sera instruit pour les décès survenus ou les infirmités contractées à la suite des blessures, coups, incendies ou fatigues dans le service forestier.

Transmis cet ordre royal à V. E. pour prendre connaissance et pour exécution.

Dieu garde V. E. de nombreuses années !

Madrid, 17 septembre 1877.

Signé : C. TORENO.

A M. le Général directeur de la garde civile.

Paris et Limoges. — Imp. milit. Henri Charles-Lavauzelle

Librairie militaire H. Charles-Lavauzelle

11 place Saint-André des Arts, Paris

L'ARMÉE ALLEMANDE TELLE QU'ELLE EST, par P. de
Pardiellan. — Vol. in 18 de 228 pages, couver-
ture en chromo-lithographie 3 50

L'ARMÉE ALLEMANDE (son histoire, son organisation
actuelle) par le Commandant A. Heimann, O. *
(5e édition). — Volume in 32 de 128 pages,
broché 50
Relié toile 5 75

RÈGLEMENT DU 1er SEPTEMBRE 1888 SUR LES MANŒU-
VRES DE L'INFANTERIE ALLEMANDE. — Vol. in 32
de 160 pages, relié toile anglaise . . . . 2 »

RÈGLEMENT DU 12 FÉVRIER 1887 SUR LE TIR DE L'IN-
FANTERIE ALLEMANDE, avec figures et 1 planche. —
Vol. in 32 de 490 pages, relié toile anglaise. 2 50

RÈGLEMENT DU 23 MAI 1887 SUR LE SERVICE DES
ARMÉES ALLEMANDES EN CAMPAGNE. — Vol. in 12
de 230 pages, relié toile anglaise 2 50

LES MÉTHODES STRATÉGIQUES DES ALLEMANDS EN 1870.
— Broch. in 18 de 36 pages . . . . 1 »

ÉTUDE SUR LE RÉSEAU FERRÉ ALLEMAND AU POINT DE
VUE DE LA CONCENTRATION, suivi d'accomp. d'une
carte des chemins de fer allemands (2e édit.). —
Br. in 8° de 32 pages 75

AIDE-MÉMOIRE DE L'OFFICIER FRANÇAIS EN ALLEMA-
GNE, par P. de Pardiellan (ouvrage accompagné
de 4 gravures hors texte représentant les unifor-
mes de l'armée allemande et de feuillets blancs
pour notes. — Vol. in 32 de 160 pages, relié toile
anglaise 2 50

GUIDE MILITAIRE FRANCO-ALLEMAND, à l'usage de l'armée, des écoles militaires, des collèges et des
sociétés de gymnastique, par Émile Lebert. —
Vol. in 32 de 134 pages, relié toile anglaise. 1 50

www.ingramcontent.com/pod-product-compliance
Lightning Source LLC
Chambersburg PA
CBHW060816250626
47162CB00005B/1817